로또부터 장군까지 9

2024년 1월 19일 초판 1쇄 인쇄
2024년 1월 24일 초판 1쇄 발행

지은이 게르만
발행인 김관영

기획 이기헌 왕소현 임동관 박경무 강민구 조익현
책임편집 오영란
마케팅지원 이원선

발행처 (주)로크미디어
출판등록 2003년 3월 24일
주소 서울시 마포구 마포대로 45 일진빌딩 6층
Tel (02)3273-5135 **Fax** (02)3273-5134
홈페이지 rokmedia.com **E-mail** rokmedia@empas.com

ⓒ 게르만, 2023

값 9,000원

ISBN 979-11-408-2182-2 (9권)
ISBN 979-11-408-1132-8 04810 (세트)

로또부터 장군까지

게르만 현대 판타지 장편소설

CONTENTS

Chapter 1

진급 휴가가 끝났다.

그리고 대한과 윤지호는 일과가 시작되기 무섭게 여진수에게 호출을 당했다.

'이럴 줄 알았다.'

박희재의 성격상 이 일을 오래 끌지 않을 게 분명했다.

여진수를 호출한 것도 해결 방안을 찾기 위해서였을 터.

그러자 아니나 다를까, 여진수는 두 사람이 도착하자마자 바로 본론으로 들어갔다.

"너희들이 갈 보직은 간부 자격 인증 평가에서 특급전사를 획득한 사람이 우선권을 갖기로 했다."

간부 자격 인증 평가 특급전사라니.

대한은 속으로 한숨을 내쉬었다.

그도 그럴 게 대한에게도 간부 특급전사는 쉬운 게 아니었으니까.

'이건 아무리 2회차라도 절대 쉽지가 않은데⋯⋯.'

물론 아무 준비 없이 쳐도 자신있는 과목들도 있었다.

하지만 정신 전력이나 사격 같은 건 좀 다른 문제였다.

예컨대 정신 전력은 글씨 가득한 A4용지 8장 분량을 모조리 외워서 시험을 쳐야 했으니까.

또 사격 같은 경우는 자신이야 있었지만 사람 일 어떻게 될지 모른다고 두 발만 실수해도 끝이었다.

평소였다면 가볍게 응했겠지만 보직이 걸려 있어서 그런지 마음이 편치가 않았다.

그래서 의문이 들었다.

왜 이런 위험한 결정을 내리게 되었는지에 대해서.

근데 생각해 보니 답은 하나였다.

'나를 많이 믿는가 보네.'

편애하긴 해도 과정은 공정해야 했다.

그래서 이런 방안을 내놓은 것일 터.

그렇기에 믿음을 저버릴 순 없었다.

여진수가 대한의 표정을 살피고는 말을 이었다.

"두 사람 다 불만 없지?"

"예, 없습니다!"

"깔끔하지?"

"예, 그렇습니다."

여진수가 두 사람의 대답을 듣고는 한숨을 내쉬며 말했다.

"에휴, 너희는 어떻게 중위 달자마자 이런 사고를 치냐?"

그 말이 대한이 억울하다는 눈빛을 보냈고 여진수가 피식 웃으며 말했다.

"그래도 군 생활에 대한 의지가 느껴져서 마음에 든다. 이거 특급전사 따면 장기 복무 선발에도 가산점 있으니까 보직 때문이 아니라도 최선을 다하길 바란다."

계급적체가 늘어남에 따라 간부들의 수준도 올라간다.

그렇기에 기존에 있던 기준으로는 우열을 가리기가 힘들게 되었고 이번에 치러야 할 평가도 원래는 간부들의 전문성을 키우기 위한 평가였지만 어쩌다 보니 자력에도 포함이 되며 진급 및 장기 선발에도 영향을 주게 되었다.

'그래, 어차피 해야 했던 거다.'

보직을 양보할 순 없었기에 최선을 다해야 했다.

그때 윤지호가 물었다.

"근데 만약 둘 다 붙으면 어떻게 합니까?"

"그땐 각 과목마다 받는 점수의 평균을 내서 고득점자가 이긴 걸로 하겠다. 더 궁금한 거 있나?"

"없습니다!"

"목소리 좋네. 그럼 이제 필요한 거 있으면 하나씩 말해 봐라.

그래도 두 사람의 1년이 걸린 일인데 하나씩은 도와줘야지."

그 물음에 이번에도 윤지호가 먼저 입을 열었다.

"혹시 일과 시간을 써도 괜찮습니까?"

"너희는 상관없다. 중대장한테는 내가 직접 이야기해 주마."

"전 그럼 일과 때 공부하겠습니다."

"정신 전력 때문에 그런가 보네. 알겠다. 중대장한테 따로 이야기해 주마."

그 말에 대한은 감탄했다.

아무리 그래도 일과 때 공부를 하겠다는 말을 하다니.

하긴 박희재한테도 직접 건의했는데 이까짓게 윤지호한테 뭐 그리 어려운 일일까.

여진수가 대한에게 물었다.

"대한이 너는?"

"그럼 전 사격 연습이 좀 필요할 것 같습니다. 하는 김에 소대원들도 같이 올라가겠습니다."

"사격 좋다. 통제 간부는 중대에서 알아서 차출해라."

"예, 알겠습니다."

일과 하는 간부를 빼기란 쉽지 않은 일이었지만 대한에게는 만만한 간부가 하나 있었다.

바로 박태현.

여진수가 이어서 물었다.

"그럼 사격은 언제 올라갈 거냐?"

"탄약관 시간 물어보고 바로 말씀드리겠습니다."

"알겠다. 두 사람 다 준비 잘하고 원하는 결과 얻길 바란다."

"예, 알겠습니다!"

대한은 그대로 정작과를 나와 군수과로 이동했다.

군수과에 들어간 대한은 군수과장에게 경례를 한 후 곧장 탄약관인 배홍수 중사에게 다가갔다.

배홍수는 과거, 대한에게 탄약통을 한번 뜯긴 적이 있어 대한을 보자마자 어색한 웃음으로 경계하며 말했다.

"하하…… 김 중위님, 진급 축하드립니다. 그나저나 군수과에는 어쩐 일로…… 혹시 저 보러 오셨습니까?"

"예, 맞습니다. 혹시 이번 주에 언제가 시간 괜찮으십니까?"

"가, 갑자기 왜 그러십니까?"

"다름이 아니라 사격을 좀 해야 할 것 같아서 그렇습니다. 사격하는데 탄약관님 없이는 또 못 하지 않습니까."

"그건 맞는데…… 대대에 사격 계획 없지 않습니까?"

"대대장님 지시사항으로 저희 소대만 연습하기로 했습니다."

"에이, 그런 게 어디 있습니까. 장난하지 마십쇼."

이 양반이 장난인 줄 아나.

대한이 말없이 배홍수를 쳐다보자 배홍수가 굳은 표정으로 되물었다.

"……진짜로 소대장님 소대만 사격합니까?"

"예, 한번 확인해 보시겠습니까?"

"휴, 아닙니다. 그나저나 제 시간이⋯⋯."

배홍수는 장난이 아니라는 걸 확인하고는 최대한 시간을 아끼려고 했다.

그도 그럴 게 탄약 분배하는 게 마냥 편한 일은 아니었으니까.

대한도 이 사실을 알기에 직접 찾아온 것이다.

조금 미안했으니까.

근데 배홍수의 태도가 영 아니다.

그래서 대한도 태도를 좀 바꾸기로 했다.

"이번 주는 좀 한가하신가 봅니다?"

"아, 아닙니다. 한가하다뇨."

"오늘 오후에 뭐 하십니까?"

"오후에⋯⋯ 하, 뭐 없긴 합니다."

"그럼 오후에 준비 좀 부탁드리겠습니다."

하필이면 오늘 오후라니.

오늘은 좀 쉬려고 했는데.

배홍수의 얼굴에 먹구름이 드리운다.

✳

그 시각, 여진수의 호출을 받은 정우진이 흡연장으로 내려갔다.

여진수가 담뱃불을 붙이며 물었다.

"무슨 일로 불렀을 거 같냐?"

"같이 흡연하자고 부르신 거 아닙니까?"

"틀린 말은 아닌데 오늘은 뭐 하나 더 있어서 불렀다."

"무슨 일 있으십니까?"

그 말에 여진수가 깊게 연기를 내뿜으며 말했다.

"대대장님 지시사항이니까 내 말 듣고 어떤 반응도 하면 안 된다, 알겠냐?"

갑자기 진지한 여진수의 태도에 정우진이 자세를 바로했다.

"예, 말씀하십쇼."

여진수는 자초지종을 설명해 주었고 설명이 이어질수록 정우진의 표정이 일그러져 갔다.

"……그래서 결론은 일과 안 하고 공부하는 거 막지 마라, 그 말이야."

"……그래도 이건 좀 아니지 않습니까?"

"알지, 누가 모르냐? 근데 어쩌겠냐. 버릇은 좀 없지만 걔도 우리 애잖아."

"그래도 아닌 건 아니지 않습니까. 지금이라도 제대로 군 생활할 수 있도록 따끔하게 혼내야 된다고 생각합니다. 이러다 버릇 나빠집니다."

"네 말도 맞지. 근데 시작도 전에 혼내고 그걸 빌미로 보직 정해 버리면 나중에 불공평하다고 뭐라고 할 수도 있잖아. 그러니까 끝내고 조지자고."

그럼에도 정우진의 표정이 좀처럼 풀리지 않는다.

'이 새끼는 대체 무슨 짓거리를 하고 다니는 거야?'

그러다 문득 한 가지 의문점이 들어 여진수에게 물었다.

"근데 혹시 대한이가 지게 되면 윤지호 이 자식이 엄청 기고 만장해질 텐데 그때 교육하면 교육이 제대로 되겠습니까?"

그 말에 여진수가 웃었다.

"너도 대대장님이랑 똑같은 소릴 하네. 야, 대한이가 설마 지겠냐?"

그 말에 정우진은 무언가 깨달은 듯 고개를 끄덕였다.

"끝나고 제대로 교육 시키겠습니다."

"그래, 그러니까 일단 참아 줘라. 그냥 없는 놈이라고 생각해. 평가 끝날 때까지만."

"하, 알겠습니다."

한숨을 내쉰 정우진이 그대로 줄담배를 시작했다.

✳

그날 오후.

대한은 사격 연습을 위해 소대원들과 사격장으로 이동했다.

배흥수는 미리 탄약고에서 탄을 꺼낸 뒤 사격장에 와 있었다.

대한이 배흥수에게 다가가 물었다.

"탄 얼마나 가져오셨습니까?"

"하루 종일 쏴도 부족하지 않을 만큼 가지고 왔습니다."

실탄은 가져올 때와 반납할 때 일일이 다 세어 보아야 했기에 배흥수는 될 수 있으면 최소한으로 가지고 오고 싶었다.

하지만 대한이 강력하게 주장하는 바람에 대대 전 인원이 사격할 수 있도록 준비해 올 수밖에 없었다.

대한은 탄을 확인한 후 만족한 듯 고개를 끄덕였다.

"좋습니다. 그럼 준비는 다 됐습니까?"

"예, 바로 사격 가능합니다."

"알겠습니다."

대한은 그대로 소대원들의 앞에 서서 설명을 시작했다.

"자, 주목!"

"주목!"

"3명씩 사격 진행할 것이고 만발을 연속으로 세 번 쏘면 그때 내려갈 수 있다. 알겠나?"

그 말에 소대원들의 눈이 커졌다.

만발 연속 세 번이라니?

그게 가능한 일이라고?

그러나 대한은 의지가 확고했다.

"일단 한번 해 봐. 너희들 사격 제대로 해 본 적도 없잖아? 이런 기회가 흔한 줄 아냐?"

여기서 말하는 제대로는 하루에 수백 발 이상을 쏴 보는 걸 말했다.

이런 경험은 실제로도 별로 흔치 않았으니까.

물론 간부들 중에선 이런 경험을 해 본 인원들이 간혹 존재했다.

그중에 하나가 바로 대한이었다.

'중대장 시절에 똑같은 훈련을 한 적이 있었지.'

그 당시 대대장의 지침 때문이었다.

처음엔 못 할 줄 알았는데 하다 보니 결국 성공했다.

'그때 한 500발 쐈나?'

게다가 그날 사격장에서 내려와 거울을 보고 얼마나 놀랐던지.

총을 하도 많이 쏴 대서 그런가, 충격이 얼굴에 퍼져 광대에 시퍼런 멍이 들어 있었다.

그런 의미에서 병사들에게 이번 기회는 모쪼록 귀한 경험이 될 것이다.

소대원들이 씩씩하게 대답했다.

"예, 알겠습니다!"

"좋아, 그럼 일단 1분대 먼저 올라와. 나머지는 총기 거치해 놓고 편하게 쉬고 있고."

대한은 그대로 배흥수의 앞으로 이동했고 실탄이 든 탄창이 가득 담긴 박스를 받아 들고 이동하기 시작했다.

대한과 함께 올라간 인원들이 자연스럽게 사로로 이동했고 사로에 총을 거치하자 박태현이 방송으로 통제를 시작했다.

"표적 확인하겠습니다."

그 사이 대한은 1분대 인원들에게 탄피 받이와 탄약통을 가져다주었다.

그때, 조민기가 눈에 들어왔다.

"민기야, 근데 너 영점은 맞췄냐?"

"아직 안 맞췄습니다."

근데 왜 올라왔어?

그러나 대한은 이내 그것이 자신의 실책임을 깨닫고 박태현에게 말했다.

"태현아, 200m 표적 계속 올리고 있어 줘."

"예, 알겠습니다."

사격장 끝에 표적이 올라왔고 대한이 조민기 곁으로 가 말했다.

"정조준할 줄 알지?"

"예, 그렇습니다."

"그럼 저기 보고 제대로 쏴 봐."

그 말에 기태준이 의아함을 표했다.

'영점도 안 잡혔는데 쏘게 한다고?'

그러자 아니나 다를까, 초탄이 표적에 닿지 못했다.

그때, 대한이 조민기의 총을 잡고 클리크를 수정했다.

"다시 쏴 봐."

"예, 알겠습니다."

"조준 잘하고."

탕!

그러나 두 번째 사격도 명중하지 못했다.

그래서 이번에도 대한이 클리크를 수정했고 세 번째 차례가 되었을 때.

탕!

이번엔 표적에 정확히 명중했다.

그것을 본 기태준이 깜짝 놀란 표정으로 대한을 쳐다보았다.

'이걸 이렇게 간단하게 해결한다고?'

그러나 대한은 대수롭잖다는 듯 조민기를 칭찬했다.

"사격 잘하네. 몇 개만 더 확인해 보자."

"예, 알겠습니다!"

이후, 대한은 몇 번 더 확인한 끝에 그제서야 만족스러운 표정으로 조민기의 방탄을 툭 치며 말했다.

"탄창 빼고 준비해. 넌 일찍 내려갈 수 있겠다."

"감사합니다!"

"태현아 바로 시작하자."

"예, 알겠습니다."

대한은 1사로로 가서 자리를 잡았고 얼마 뒤 사격이 시작되었다.

그리고 모든 소대원들이 통과할 때까지 온종일 사격에 몰두했다.

✳

간부 자격 인증 평가 당일.

평가관 박창근은 공병단에 도착해 단장실에서 지휘관들과 대화를 나누고 있었다.

"참모장님께서 두 분께 안부 전해 달라고 하셨습니다."

그러자 박희재가 웃으며 말했다.

"하하, 내가 참모장님을 깜빡하고 있었네. 단장님, 혹시 명절에 연락드렸습니까?"

"……아니, 나도 아차 싶었다."

최한철은 명절에 두 사람의 연락을 기다리고 있었다.

그가 생각하기에 좋은 인연이라 생각했으니까.

하지만 이원영과 박희재는 최한철과 같은 부대에 근무한 경험도 없었기에 따로 연락하는 것을 깜빡했었다.

이원영도 깜빡했다고 하자 박희재가 고개를 내저으며 말했다.

"단장님은 하셨어야 하는 거 아닙니까?"

"알다시피 신경이 다른 곳에 팔려 있었어서…… 하, 어떻게 하지."

"뭘 어떻게 합니까. 조금 있다가 제가 연락드리겠습니다. 어차피 금요일 날 작전사에 체력 측정하러 가야 하는데 가서 빌죠 뭐."

"그래, 뭐 어쩌겠냐."

박창근은 두 사람의 대화에 웃으며 말했다.

"안 그래도 참모장님이 금요일 날 체력 측정 오냐고 물어보라고 하셨는데 뵐 준비 중이라고 말씀드리겠습니다."

"에이, 마음 편하게 간부들 응원하러 가려고 했는데 안 되겠구만."

박희재가 소파에 몸을 기대며 괴로워했다.

박창근은 그 모습을 보며 피식 웃고는 입을 열었다.

"그나저나…… 저 여쭤볼 게 있는데 혹시 김대한 중위가 누구입니까?"

그 말에 이원영과 박희재의 눈빛이 변했다.

특히 박희재가 잔뜩 경계하며 물었다.

"김 중위는 왜?"

"아, 다름이 아니라 참모장님께서 엄격하게 보라고 하셔서 제가 주의해야 할 사항이 있나 싶어서 평가 전에 미리 여쭤보는 겁니다."

그 말에 박희재가 눈을 좁혔다.

"흠, 왜 그러시는지 알겠다만…… 아, 이번에는 그러면 안 될 것 같은데."

"아, 제가 알고 있어야 하는 게 있습니까?"

"아니, 사실……."

박희재는 박창근에게 대한이 보직 관련 내기를 하고 있다는 말을 하려다 이내 입을 다물고 이원영을 바라봤다.

그러자 이원영이 미세하게 고개를 내저었다.

그래.

이런 건 우리 부대에서나 이해하는 거지, 다른 부대 사람이 들으면 욕먹는다.

'사서 욕먹을 필요는 없지.'

박희재가 말했다.

"아냐, 아무것도. 그냥 공평하게 다른 간부들도 모두 빡세게 봐주면 돼."

그 말에 이번에는 이원영이 눈살을 좁혔다.

"아니, 굳이?"

"굳이는 무슨, 알잖아?"

"아니, 그것도 그렇긴 한데…… 후, 알겠다."

평가라는 것이 깐깐하게 보기 시작하면 끝도 없다.

이원영이 우려하는 건 괜히 대한이 형평성 하나 지키자고 깐깐하게 봤다가 공병단 전체에서 특급전사가 한 명도 안 나오는 경우였다.

그렇기에 박창근도 당황했다.

잘 봐달라고 했으면 잘 봐달라고 했지 이런 경우는 처음이었으니까.

'뭐 하자는 거야? 그만큼 자신 있다는 건가?'

잘못 들었나 싶어서 한 번만 더 물어보기로 했다.

군대에선 시키는 대로 행동해도 욕을 먹는 경우가 있었으니까.

"진짜 칼같이 봅니까? 이유 말씀해 주시면 고려해서 보겠습니다."

"아, 됐어. 싹 다 대한이처럼 봐줘."

나 참.

저렇게까지 말하니 이제는 김대한이란 놈이 궁금해졌다.

'작전사 참모장이 관심을 가지는 것도 신기한데 지휘관들의 반응은 더 신기하다.'

출신도 평범했고 표창이 화려하다는 것 외에는 특별한 건 보이지 않았다.

이렇게 된 이상 백문이 불여일견이라고 직접 확인해 보는 수밖에 없다.

박창근이 시계를 확인하고는 말했다.

"알겠습니다. 그럼 전 평가 준비하러 가 보겠습니다."

"그래, 고생하게."

박창근이 나가고 이원영이 한숨을 내쉬며 말했다.

"이게 잘하는 짓인지 모르겠다. 괜히 내기 같은 걸 해서 다른 간부들까지 피곤하게 만들어."

"이제 와서 엄살은, 너도 좋은 방법이라고 칭찬해 줬잖아."

"하…… 특급전사 안 나오면 그건 그거대로 쪽팔린데."

"하나는 나오겠지."

"누구, 대한이?"

"어."

"야, 대위들 다 떨어지고 중위 하나만 붙어 봐라. 작전사에 결과 다 알려질 텐데 그게 괜찮겠냐?"

이원영이 미간을 잔뜩 찌푸리며 말했지만 박희재는 아무렇지 않다는 듯 어깨를 으쓱했다.

"난 상관없어."

"왜 상관이 없어?"

"우리 대대엔 대한이가 특급전사 딸 거니까."

"하……."

어차피 부대의 장은 이원영이었기에 쪽팔림은 이원영의 몫이었다.

✳

얼마 뒤, 공병단 간부들은 전부 강당에 모여 박창근의 설명을 듣고 있었다.

"주목해 주시기 바랍니다. 금일 오전 평가는 강당에서 진행이 될 겁니다. 병기본 과목들을 평가받으시면 되고 순서는 상관없으니 오전 내로 전부 응시해 주시면 됩니다. 그리고 오후 일과 시작 시간에 식당에서 정신 전력 평가를 진행할 예정이니 늦지 않게 착석 부탁드리겠습니다. 그럼 바로 평가 진행하겠습니다."

박창근의 설명이 끝나자 이영훈이 바로 툴툴거리기 시작했다.

"아니, 점심시간 끝나자마자 정신 전력을 치는 게 말이 되냐? 칠 거면 아침에 치든지 일부러 그러는 거야, 뭐야?"

대한도 그 말에 공감했다.

다른 것도 아니고 정신 전력처럼 지루한 시험을 식후에 친다는 것 자체가 배려가 없는 배치였으니까.

"이상하긴 한 것 같습니다. 그냥 평가관들 보기 편한 대로 배치한 거 아니겠습니까?"

"하, 이거 생기고 나서부터 군 생활이 재미가 없다, 재미가."

대한은 이영훈의 말을 듣고 피식 웃었다.

뭐든 갑자기 생겼다 없어지는 군대에서 이 평가만큼은 계속해서 유지가 되었다.

게다가 이 평가는 중대급 제대를 맡는 대위까지가 평가 대상이라 지휘관들의 눈치를 봐야 하는 부하들 입장에선 그야말로 스트레스.

대한의 웃음에 이영훈이 어이가 없다는 듯 말했다.

"넌 나보다 이거 더 오래 봐야 하는 놈이 뭐가 그렇게 좋다고 웃고 있냐?"

"음? 누가 오래 보는지는 모르는 거 아닙니까?"

"······응?"

그 말에 이영훈은 순간 대한의 말을 이해하지 못했다. 그러나 얼마 뒤 대한의 말을 이해하고는 대한을 향해 눈을 부라리며 말했다.

"자식이 어디서 그런 망발을······!"

"하핫, 구급법부터 하시겠습니까? 원래 처음이 제일 편한 거 아니겠습니까."

대한이 서둘러 이영훈을 끌고 구급법 평가를 받으러 갔다.

물론 이영훈도 진짜로 화내진 않았다.

그 말이 농담인 걸 알았고 농담을 한 사람이 다른 사람도 아니고 대한이었으니까.

이윽고 구급법 평가 장소에 도착한 두 사람에게 평가관이 말했다.

"평가 보시겠습니까?"

"예, 바로 보겠습니다."

"김대한 중위님? 애니 앞에 앉아 주시면 됩니다."

대한은 심폐소생술 인형인 애니 앞에 앉아 곧바로 심폐소생술을 실시했다.

어려운 것이 아니었기에 당연히 통과였고 이어서 지혈대를 이용해 지혈하는 것을 평가했다.

대한은 지혈대를 가지고 와 이영훈의 팔에 지혈을 실시했고.

"야야, 아파!"

이영훈이 팔을 뺌과 동시에 통과를 받을 수 있었다.

이영훈이 팔을 부여잡으며 인상을 찌푸렸다.

"야, 살살 안 하냐? 근육 파열된 것 같은데?"

"중대장님을 살리려면 어쩔 수가 없었습니다. 그런 의미에서 도수 운반법 실시하겠습니다."

"……넌 내 차례 때 두고 봐라."

이영훈이 부상자를 연기하기 위해 평가관의 앞으로 향했다. 그런데 평가관이 이영훈을 막아서며 말했다.

"아, 부상자는 따로 정해져 있습니다."

그때, 평가관의 뒤에 앉아 있던 덩치가 자리에서 일어났다.

'뭐야, 곰이야?'

100㎏는 거뜬히 넘을 것 같은 거구 하나가 대한의 앞에 벌러덩 누웠다.

생각지도 못 한 상황.

대한이 평가관을 멍하니 보고 있자 평가관이 덤덤히 말했다.

"이 인원을 들고 10m 이동하는 게 만점입니다."

"……예?"

"준비되셨으면 시작하십쇼."

갑자기 이런다고?

대한은 황당했지만 평가관이 그렇게 하라고 하니 어쩔 수가 없었다.

거구를 들기 전 대한이 거구에게 슬쩍 물었다.

"혹시 몸무게가 얼마나 되십니까?"

"백이십 정도 됩니다."

하.

어린애 키도 아니고 백이십이라니?

한숨이 절로 나왔다.

전생의 모든 기억을 더듬어 봐도 이런 거구를 들었던 기억은 없었기 때문이다.

하지만 이내 마음을 고쳐먹었다.

'까라면 까야지. 어차피 이건 윤지호도 한다는 거 아냐.'

그렇게 생각하니 마음이 편했다.

대한은 잠시 고민한 끝에 거구의 머리 쪽으로 이동한 다음 양 겨드랑이 사이로 팔목을 집어넣었다.

이런 거구는 테크닉이 아니라 피지컬이 중요하다.

그런데 남자는 진짜 부상자처럼 몸을 축 늘어뜨렸다.

짜증났다.

보통은 적당히 팔도 벌려 주며 협조해 주기 마련이니까.

'오냐, 그런다고 내가 포기할까 보냐.'

대한은 평소 틈틈이 쌓아 온 체력을 십분 폭발시키며 마침내 거구를 모두 이동시키는 데 성공했다.

그 모습을 본 이영훈이 엄지를 들었고 평가관도 살짝 놀란 표정을 짓더니 이내 건조하게 평가했다.

"좋습니다. 합격입니다."

"하…… 감사합니다."

첫 번째 과목부터 이렇게 빡세다니.

구급법이 제일 쉬워서 여기부터 온 건데 처음부터 이렇게 힘을 뺄 줄은 몰랐다.

그렇기에 대한은 확신했다.

'구급법이 이 정도인데 윤지호 그놈은 절대로 특급전사 못 따겠다.'

나도 겨우 하는데 그놈이 어떻게 소화할까?

그 증거로 뒤이어 도전한 이영훈이 거구를 옮기다 실패했으니까.

"아아, 좀 나와 봐요!"

거구를 옮기다 말고 거구에게 깔린 이영훈이 소리친다.

그 모습에 구경하던 간부들이 웃음을 터뜨렸다.

하지만 박창근은 웃지 못했다.

아니, 속으로 감탄하는 중이었다.

'작전사에서 제일 무거운 병사로 데려온 건데 저 중위가 성공할 줄이야.'

소위, '헬창'이라 불리는 간부한테도 테스트 해 보고 데려온 애였다.

그런데 그 간부마저 부상의 위험으로 빠르게 옮기는 걸 포기했다.

차라리 덤벨 옮기는 게 낫다면서 말이다.

그런데 그 간부보다도 약해 보이는 중위가 보란 듯이 성공했다.

'왜 저 중위한테 관심 가지는지 알 것도 같네.'

박창근이 피식 웃으며 평가를 이어 나갔다.

✳

대한은 오전 동안 강당에서 치러진 평가를 다 받은 후 식사를 했다.

다행히 구급법을 제외한 평가는 다 평범했다.

하지만 구급법이 어려웠기에 특급을 못 맞은 사람들이 속속 등장했다.

윤지호도 마찬가지였다.

대한의 예상대로 끝내 거구를 옮기지 못해 구급법에서 특급을 놓쳤다.

구급법에서 특급을 놓쳤을 때 윤지호가 어찌나 씩씩대던지.

마음 같아선 옆에서 놀려 주고 싶었지만 조용히 속으로 웃음을 삼켰다.

얼마 뒤, 식사가 끝나고 오후 일과가 시작됨과 동시에 정신 전력 평가가 시작됐다.

박창근은 병영 식당에 전 간부들을 모은 뒤 종이를 나누어 주며 설명을 시작했다.

"오전에 몸 쓰느라 고생 많으셨습니다. 앞서 말씀 드렸던 대로 지금부터 정신 전력 평가를 시작하겠습니다."

대한은 종이를 받아 들고는 곧장 외웠던 것을 적기 위해 준비를 했다.

그런데 박창근의 입에서 생각지도 못 한 말이 튀어나왔다.

"이번 시험에는 특별히 참모장님께서 직접 검토하실 것이고 그에 맞춰 주제도 알려 드린 것과는 다를 예정입니다."

이건 또 뭔 소리야?

그 말에 대한을 비롯한 간부들의 표정이 한없이 일그러지기 시작했다.

한숨이 절로 나왔다.

이럴 거면 진작에 좀 말해 주든가.

왜 갑자기 룰을 바꿔서 사람 똥개 훈련시키는지 원…….

그런데 의외로 윤지호는 표정이 멀쩡했다.

왜지?

이중에 가장 예민해서 그 누구보다도 짜증 낼 줄 알았는데?

이어서 박창근이 말했다.

"작성하실 주제는 '군 정신교육 방향과 과제'입니다. 정답은 없습니다. 간부님들이 생각하시는 것을 편하게 적어 주시면 되고 평가 점수에 대한 설명은 참모장님께서 직접 달아 주신다고 하셨으니 긴장하지 마시고 작성 시작하시면 됩니다. 지금부터 한 시간 드리겠습니다."

주제가 나왔다.

그런데 박창근이 시작을 알렸음에도 펜을 끄적이는 간부들이 아무도 없었다.

당연했다.

이건 사전에 공부한 주제가 아니었으니까.

그렇기에 대한도 한동안 펜만 굴렸다.

'누가 우리 참모장한테 이상한 바람을 넣었을까……'

참모장을 욕하려는 게 아니다.

출제자의 의도를 알아야 문제풀이가 쉬울 것 같아 고민하는 것이다.

평가자가 최한철이라면 평가자의 입맛에 맞춰 답안을 작성하는 게 베스트였으니까.

하지만 그래서 문제였다.

'내가 그 양반이랑 군 생활한 것도 아니고 그 양반 생각을 어떻게 알아.'

출제자에 대해 잘 몰라서 의도 파악은 무리였다.

그렇다면 결국 안전빵으로 가는 수밖에 없었다.

예컨대 장군들이라면 환장할 만한 그런 내용들로 말이다.

대한이 눈빛을 빛냈다.

'최대한 간략하게 핵심적인 내용만 적자.'

특급? 못 맞아도 상관없다.

다른 것에서 만회하면 그만이었으니까.

하지만 그렇다고 해서 정신 전력을 포기할 생각은 없었다.

그건 대한의 스타일이 아니었으니까.

대한은 이내 곧 본인이 생각하는 최선의 답을 적기 시작했다.

그렇게 약 5분 정도가 지났을까.

대한이 종이를 들고 자리에서 일어났다.

대한이 1등이었다.

그 모습을 본 박창근이 속으로 아쉬움을 표했다.

'흠, 정신 전력은 좀 약한가 보네.'

가장 먼저 일어났다는 건 일찍이 포기했다는 뜻일 터.

주제가 새롭게 배정되었으니 당연히 그런 생각이 들었다.

박창근이 대한의 답안지를 받아 들며 말했다.

"빨리 낸다고 가산점 같은 건 없는데 고민을 좀 더 해 보지 그랬나. 본인의 생각을 적으면 되는 거잖아."

"제 생각은 충분히 적었습니다. 그리고 장고 끝에 악수 둔다고 오래 앉아 있다고 가산점 나오는 것도 아니지 않습니까."

"그……건 그렇지?"

대한의 당당함에 박창근은 살짝 당황했다.

그래서 대한의 답안을 제대로 살펴보지도 않고 얼른 파일에 꽂으며 말했다.

"흠흠, 답안 제출했으면 휴식 취하고 있으면 된다. 이후 따로 통제하겠다."

"예, 고생하십쇼."

박창근은 식당을 벗어나는 대한을 보고는 고개를 저었다.

'슬쩍 보니 얼마 적지도 않았던데 대체 무슨 자신감인지.'

구급법이야 힘만 좋으면 잘할 수 있는 것이었다지만 정신 전력은 좀 다른 문제였다.

특히 이번 주제 같은 경우, 저술한 답안지를 통해 평소 군인으로서 가지고 있는 정신 상태를 알아볼 수 있기도 했으니까.

그래서 궁금한 마음에 대한의 답안지를 꺼내 펼쳤다.

그런데 답변이 5줄에 불과했다.

뭐지?

겨우 5줄로 최한철을 납득시킬 수 있다고 생각하는 건가?

이윽고 박창근이 대한의 답을 읽어 내려가기 시작했을 때였다.

'하, 이놈 봐라……?'

대한의 답안을 본 박창근은 자기도 모르게 조용히 감탄하고 말았다.

✻

정신 전력 평가가 끝나고 난 뒤 간부들은 개인 화기를 챙겨 사격장으로 오르기 시작했다.

사격장에 오르며 이영훈이 한숨을 푹푹 내쉬며 말했다.

"그나저나 정신 전력 시험 너무한 거 아니냐?"

"왜 그러십니까?"

"기껏 외워 왔는데 마음대로 주제를 바꾸는 게 어디 있냐? 덕분에 똥개 훈련만 한 셈이잖아."

이는 이영훈만의 불만이 아니었다.

전 간부들이 같은 불만을 가지고 있었고 평가 기준이 공병단만 다르기에 이상함을 느끼고 있었다.

그러나 대한은 그 말에 동의하지 못했다.

적어도 이영훈에 대해서만큼은.

"근데 중대장님은 다 못 외우신 걸로 아는데 차라리 자유 주제가 더 괜찮았던 것 아닙니까?"

그 말에 이영훈이 입술을 오므리더니 이내 웃음을 터뜨렸다.

"새끼, 이래서 눈치 빠른 소위…… 아니, 중위는 싫다니까. 다들 한마디씩 하길래 나도 한번 해 본 거지, 뭐. 그나저나 넌 뭔데 1등으로 나갔냐? 설마 백지 낸 건 아니지?"

"에이, 설마 백지로 냈겠습니까. 딱 5줄만 적었습니다."

"……5줄?"

"예, 그 이상 적을 필요도 없었습니다."

이영훈은 종이를 가득 채웠기에 대한의 5줄을 이해할 수 없었다.

"야, 그래도 참모장님이 직접 검사하시는 건데 5줄이 뭐냐?"

그 말에 대한이 웃으며 말했다.

"중대장님, 설마 장군님들께서 긴 글을 보고 싶어 하시겠습니까?"

얼마나 바쁜 양반들인데 일일이 그걸 다 읽고 있겠나.

귀찮아서 평정 코멘트도 안 달아 주는 양반들인데.

물론 검사를 직접 한다고 했으니 다 읽어는 보겠지.

대학교처럼 조교한테 채점 맡길 건 아닐 테니까.

하지만 최한철이 직접 평가한다고 해서 특별히 엄청 집중할 거라는 보장은 또 없었다.

장군들의 변덕은 갈대 같은 것이니까.

대한의 말에 이영훈이 고개를 끄덕였다.

"네 말도 일리가 있네. 하, 그럼 나도 그냥 핵심만 좀 쓰다 말걸 그랬다."

"혹시 모르지 않습니까, 핵심보다는 정성을 보실지."

"뭐가 됐든 중간은 해야 하는데…… 중간도 못 하면 내가 대대장님 볼 면목이 없다."

두 사람이 이런저런 이야기를 나누며 사격장으로 향하던 때였다.

갑자기 윤지호가 나타나 대한에게 붙은 건.

"이제 일대일이네?"

"뭐가?"

"난 구급법 망쳤고 넌 정신 전력 망쳤잖아."

아, 난 또 뭐라고.

그 말에 대한이 피식 웃었다.

"내가 정신 전력을 망쳤다고 누가 그래?"

"5분 만에 튀어 나가던데 그럼 결과가 좋을 거라고 생각하냐?"

"내용이 중요한 거지."

"큭큭, 그래. 좋게 생각해라. 그래야 정신 건강에라도 좋을 테니까."

윤지호가 한껏 뻐드러지고 다시 앞서 올라가자 그 모습을 본 이영훈이 말했다.

"대한아, 내가 아까 슬쩍 봤는데 쟤는 종이 뒷면까지 꽉 채웠더라. 광기야, 광기."

"뭐, 양보단 질 아니겠습니까, 덕분에 모 아니면 도로 결과가 확실해질 것 같습니다."

이내 사격이 시작됐다.

사격은 신청받는 순서대로 실시한다고 하여 대한이 먼저 손을 들었다.

그 모습에 이영훈이 대한을 말렸다.

"야, 어떻게 오자마자 사격하냐? 그러지 말고 숨 좀 돌리고 해. 이대로 올라가면 호흡 조절도 안 된다."

"전 그냥 빨리 쏘고 쉬겠습니다. 중대장님 더 쉬고 싶으시면 쉬다가 쏘십쇼."

중대장 자존심이 있지 소대장보다 약하면 되겠나.

그 말에 이영훈이 미간을 찌푸리며 대한의 뒤를 따랐다.

"어휴, 가자. 가. 팀워크가 이렇게 안 맞아서야 어디 일 같이 하겠냐?"

"사격도 잘하시면서 왜 그러십니까."

"자식아, 너 사격 잘하라고 신경 써 주는 거잖아."

"하하, 전 빨리 쏘는 게 좋습니다."

기다리면 더 지칠 뿐이었다.

이영훈도 대한의 말에 어느 정도 공감했기에 그대로 탄을 받아 사로로 올라갔다.

다행히 항상 연습하던 사로를 배정받을 수 있었다.

'다른 사로에 가도 자신 있지만 여기선 무조건이다.'

연습만 몇 번이던가.

자신감은 곧 증명이 되었다.

"1사로 만발, 2사로 19발……."

1사로에 선 대한은 보란 듯이 만발을 받았다.

2사로였던 이영훈은 아쉽게 한 발을 놓쳤고.

결과를 본 이영훈이 허탈함에 웃었다.

"만발? 운이 좋은 거냐, 아님 실력이 뛰어난 거냐?"

"반반입니다."

실수를 안 했으니 운이 좋았다고 볼 수도 있었다.

특급 기준이 18발을 맞추는 것이었기에 두 사람 다 특급이긴 했다.

대한과 이영훈은 사로에서 내려와 안전검사를 한 뒤 다른 간부들의 사격이 끝나기를 기다렸다.

이어서 윤지호의 사격이 시작되었고 결과를 기다리던 두 사람은 결과 방송을 듣고 조용히 미소를 지었다.

"윤지호 3발 놓쳤지?"

"예, 3사로 17발이라고 했습니다."

바보 같은 놈.

사격에서도 특급을 놓쳤으니 대충 내기의 결과가 보였다.

이윽고 사격이 모두 끝났고 사격에서 특급을 받은 사람은 딱 세 사람.

바로 대한과 이영훈, 그리고 정우진뿐이었다.

이영훈이 싱글싱글 웃으며 대한에게 말했다.

"야, 재 표정 안 좋다. 가서 좀 놀려 주고 올까? 이제 일대일이 아니라 이대일이라고?"

"에이, 아닙니다. 결과야 언제든 뒤집힐 수 있지 않겠습니까."

"그런가?"

"물론 그런 세상은 존재하지 않겠지만 말입니다."

대한의 농담에 이영훈이 박장대소를 터뜨린다.

그 모습을 본 윤지호가 입술을 잘근 깨물며 고개를 홱 돌렸다.

✳

　다음 날 오전에도 간부 자격 인증 평가는 계속 진행되었다.

　주특기에 관한 평가였고 공병단의 주특기는 지뢰와 폭파였다.

　대한은 이 두 가지를 따로 준비하지 않았다.

　그도 그럴 게 고장 난 지뢰탐지기로도 멀쩡하게 통과받을 만큼 뛰어난 실력을 가지고 있었으니까.

　'이 두 가지는 식은 죽 먹기지.'

　공병으로 전방에 다녀온 사람들은 애초에 준비도 하지 않은 과목들이었다.

　하물며 대위로 가장 오래 지냈던 대한이라면 어떨까?

　평가관들도 전문성 있는 공병 출신들이 왔지만 대한에게서 조금도 흠도 잡지 못했다.

　덕분에 평가는 빠르게 마무리되었고 간부 자격 인증 평가의 대략적인 결과가 나오기 시작했다.

　주특기 평가까지 끝이 나자 여진수가 대한과 윤지호를 정작과로 불렀다.

　"충성!"

　"어, 둘 다 이리 와라."

　두 사람이 자리에 앉자 여진수가 두 사람의 평가를 보며 말했다.

"둘 다 특급전사는 날아간 거 맞지?"

대한은 모든 평가에서 특급을 받았다.

하지만 그럼에도 여진수가 이리 말하는 건 대한이 정신 전력 때 5줄만 적어 냈다는 사실을 알아서였다.

물론 답안은 못 봤다.

그냥 듣기만 들었지.

그렇기에 대한을 꾸짖었다.

"특히 대한이 너 이 자식아, 넌 어떻게 된 애가 정신 전력 때 딸랑 5줄만 적어 낼 생각을 해? 제정신이냐?"

"내용이 기가 막힙니다."

"기가 막히기는 개뿔…… 내가 기가 막힌다. 내용이 아무리 좋아도 참모장님이 어떻게 보실지 모르기 때문에 일단 최하점 이라고 치자."

가정이야 얼마든지 상관없었다.

대한이 고개를 끄덕이자 여진수가 말을 이었다.

"둘 다 특급이 아니기 때문에 각 평가 점수로 결판을 가려야 할 것 같은데 예상 점수가 거의 비슷하다. 그러니 이젠 하나 남은 체력 측정 결과로 가릴 수밖에 없어."

여진수의 말에 윤지호가 자신감에 찬 목소리로 대답했다.

"옙, 잘 준비해보겠습니다!"

"그래. 둘 다 준비 잘 하고 여기까지 평가 결과에 불만 있는 사람 없지?"

"예, 없습니다!"

혹시라도 뒷말 나오지 않게 미리 못 박아 두기 위해 두 사람을 부른 것이었다.

그런 의미에서 여진수는 대한이 참 걱정이었다.

곧잘 하던 놈이 왜 정신 전력 때 그런 실수를 저질렀는지.

그것만 아니었어도 대한이 이길 수 있었을 것이라고 생각했다.

물론 대한은 걱정하지 않는다.

누가 봐도 피 끓는 초급장교인 윤지호가 걱정이었지.

근데 그런 생각이 얼굴에 드러났던 걸까?

여진수가 대한의 표정을 보며 미간을 좁혔다.

'저놈은 지가 질 수도 있다는데 왜 저렇게 해맑아?'

생각이 없는 건가?

아님 일찍이 포기해 버린 건가?

늘 든든한 것 같으면서도 이럴 땐 참 알 수가 없는 놈이었다.

체력 측정 당일.

평가 대상자들이 부대 버스를 타고 작전사로 향하고 있었다.

간부 자격 인증 평가의 공정성을 위해 작전사 간부들이 직접 평가를 봐주고 있었고 조금도 봐주지 않고 평가를 본다는 말에 다들 긴장하는 중이었다.

물론 긴장을 안 하는 사람도 있었다.

이 버스에서는 대한과 정우진이 그 경우였다.

정우진은 에너지바를 까먹고 있는 대한을 보며 물었다.

"잘 먹네, 뛰다가 토하면 어쩌려고?"

그 말에 대한이 에너지바를 먹으며 대답했다.

"혹시라도 토하게 되면 중대장님께 안 튀게 잘 조준하겠습니다."

"하하, 내 옆에서 뛰려고? 쉽지 않을 텐데?"

육사 출신들이 가장 자신 있어 하는 것 중에 하나가 바로 뜀걸음으로 4년 동안 매일같이 뛰는데 자신이 없는 게 더 이상하긴 했다.

그리고 정우진은 그런 육사 출신들 중에서도 뜀걸음 쪽으로는 유달리 돋보이는 사람이었다.

'10분대를 뛴다고 했지.'

과장 조금 보태서 거의 육상 선수급이었다.

정우진의 뜀걸음 속도야 전 군에서 유명할 정도였으니.

그러나 뜀걸음은 대한도 자신 있었다.

"이번엔 중대장님이 지실 수도 있습니다."

"다른 건 몰라도 뜀걸음으로 날 이기긴 쉽지 않을 텐데…… 괜히 쫓아오다 퍼져도 난 모른다? 나는 내 페이스대로 뛸 거야."

정우진은 대한을 귀엽다는 듯 보며 웃었다.

하지만 대한은 정말 자신 있었다.

그도 그럴 게 돌이켜 보면 자신의 인생에서 가장 체력 좋을 때가 소대장 시절일 때였으니까.

'심지어 이번에는 과거보다 더 많은 준비를 했다.'

그때, 대한과 정우진의 대화를 듣고 있던 박희재가 한숨을 내쉬었다.

"나도 그냥 체력 측정이나 받고 싶다."

박희재의 말에 같이 앉아 있던 이원영 또한 한숨을 내쉬었다.

"그러니까."

두 사람은 최한철에게 얼굴 비추러 작전사로 향하는 길이었다.

말이 얼굴 비추러 가는 것이지 연락 못 드린 것에 대한 사죄를 하러 가는 길이었다.

그 말에 대한이 조용히 웃었고 얼마 뒤 버스가 작전사에 도착했다.

버스는 체력 측정 장소인 강당 앞에 주차되었고 주차장에는 박창근이 대기 중이었다.

"다들 강당 안에서 몸 풀고 계시면 됩니다. 20분 뒤에 바로 시작하겠습니다."

이원영과 박희재가 박창근에게 다가가 물었다.

"참모장님은 어디 계시나?"

"집무실에서 두 분 기다리고 계십니다."

"하……."

도살장에 짐승 끌려가듯 두 사람은 무거운 발걸음으로 최한철의 집무실로 향했다.

이윽고 집무실에 먼저 발을 들인 이원영이 큰 목소리로 경례
했다.

"충! 성!"

"하하, 오랜만이구만. 앉게."

이원영과 박희재가 재빠르게 최한철이 가리킨 자리에 앉았
다.

최한철은 파일 하나를 들고 와 두 사람 앞에 앉았다.

"나는 우리들 사이가 참 돈독하다고 생각했는데 두 사람은
아니었나 봐?"

그 말에 이원영이 번개처럼 대답했다.

"오해십니다! 저희 둘 다 소장님을 직속상관처럼 생각하고
있습니다!"

"그래? 직속상관한테 인사도 안 하는 건 좀 그런데……."

입이 열 개라도 할 말이 없었다.

두 사람이 입 다물고 눈치만 보고 있자 최한철이 웃음을 터
트렸다.

"하하, 장난일세. 나도 군 생활 안 해 본 것도 아니고 명절에
정신없는 거 잘 알지. 진짜 장난이니까. 신경 쓰지 마."

그 말에 이원영과 박희재가 조용히 시선을 교환했다.

여기서 저 말을 믿는 바보는 없을 것이다.

일단 지금은 그냥 넘어가겠지만 다음에도 이러면 국물도 없

다는 말일 터.

가슴에 새겨야 했다.

대령이나 중령이 되어서도 장군 인맥은 귀했으니까.

이원영이 다시 한번 더 고개를 숙이며 말했다.

"이해해 주셔서 감사합니다."

"당연히 이해하지. 그나저나 부대에는 별일 없고?"

"예, 조용히 군 생활 하는 중입니다."

"조용히? 그런 것치곤 작전사를 너무 시끄럽게 한 주인공들 아닌가?"

"……저희가 말씀이십니까?"

"특공 박살 내났잖아."

"아…….."

한 달이 지난 시점에도 참모장의 입에서 나올 정도면 파장이 크긴 했던 모양이다.

이원영이 어색하게 웃으며 답했다.

"혹시 곤란하셨으면 죄송합니다."

"곤란이라…… 난 괜찮은데 공병단이 곤란할걸?"

"……저희가 말씀이십니까?"

"어, 이번 사건을 계기로 다른 특공에서 너희들이랑 훈련시켜 달라고 아주 난리거든."

특공의 자존심을 지키려는 것인가.

이원영이 간절한 눈빛으로 최한철에게 물었다.

"······혹시 그 요청 받아들이셨습니까?"

"아직 보류 상태지. 사령관님도 관심을 가지고 계시긴 한데 부대 일정이란 게 있잖아?"

그 말이 왠지 일정만 맞으면 한다는 소리처럼 들렸다.

그래서 어떻게든 핑계를 만들어 둘러대려고 했다.

그때, 최한철이 먼저 말했다.

"아, 참고로 공병단 일정을 고려하는 건 아니다. 알지? 특공 애들 일정이 빡빡하지 너희 일정이 바쁜 건 아니잖아."

"저희도 이미 일정을 바꾼 상태라 빡빡······."

"내가 이미 다 확인했는데?"

그렇구나.

이미 다 확인하셨구나.

이원영은 차라리 입을 다물고 있기로 했다.

번데기 앞에서 주름 잡는다고, 장군 앞에서 입 털어 봤자 좋을 건 없었으니까.

그때 최한철이 너털웃음을 터뜨리며 말했다.

"후후, 나도 억지로 시킬 생각은 없어. 그러니 너무 걱정하지 마라. 너희 부담 안 가게 잘 처리해 줄 테니까. 실은 나도 특공 애들이 저러는 거 별로 마음에 안 들거든."

얼핏 들으면 배려해 주는 것처럼 보이지만 다른 관점에서 보면 언제든 부담 줄 수 있다는 것처럼 들렸다.

다시 말해 내가 이런 사람이란 걸 항상 상기하란 것.

물론 확대해석일 수도 있다.

하지만 조심해서 나쁠 건 없지 않은가.

그렇기에 두 사람은 조용히 침을 삼켰다.

최한철이 후후 웃으며 말했다.

"그나저나 간부들 성적 좋더라. 따로 공부라도 시켰어?"

"따로 시간을 준 건 아니지만 다들 열심히 준비하긴 했습니다."

작전사에서 직접 만든 평가에 좋은 성적을 거두고 있으니 부대를 긍정적으로 바라볼 게 뻔했다.

게다가 특별히 빡세게 봤다는데도 다들 성적이 좋다는 것이 특히 마음에 들었다.

두 사람이 흡족한 표정을 짓자 최한철이 말했다.

"공병단에서 대상자가 나올 것 같아서 미리 말해 주는데 간부 자격 인증 평가에 특급을 받은 간부들 대상으로 또 한 번 평가를 치를 거야. 그리고 그 평가에서 우수한 성적을 거두면 상장과 동시에 작전사에서 인정한다는 배지를 달아 줄 예정이다."

상장이라는 말에 이원영과 박희재가 동시에 고개를 끄덕였다.

표창보다 좋은 것이 상장 아닌가.

대위 이하 간부들에게 상장은 꼭 필요한 것이었다.

두 사람은 동시에 대한을 떠올렸지만 이내 아쉬운 표정을 지었다.

듣자 하니 정신 전력 때 1등으로 나갔다는 말을 들어서였다.

두 사람이 아쉬운 표정을 짓자 최한철이 고개를 기울였다.

"왜, 별로냐?"

"아, 아닙니다. 훌륭한 평가가 될 것 같습니다."

"그런데 표정들이 왜 그래?"

"아, 저희 부대에서 참가할 간부들은 별로 많을 것 같지는 않아서 아쉬워하고 있었습니다."

그 말에 최한철이 고개를 더 갸웃거렸다.

"왜 그렇게 생각하는 거지? 너희도 충분히 잘했는데? 너희 대대에서만 두 명이나 나왔어."

그 말에 두 사람 다 금시초문이라는 표정을 지었다.

아무리 종합해도 정우진 정도밖에 안 보였는데?

그렇다고 종합을 허투루 했을 리도 없다.

이번 평가에 대한의 보직이 걸렸으니까.

두 사람의 의아한 표정에 최한철이 가지고 온 파일을 펼쳤다.

파일 안에는 정신 전력 평가 결과가 들어 있었는데 그 안에 만점자들의 답안지도 들어 있었다.

그런데 그중 하나가 대한의 것이었다.

박희재가 깜짝 놀라 되물었다.

"엇…… 대한이가 만점입니까?"

"엉, 내 살다 살다 그렇게 답안을 제출한 놈은 또 처음인데

써 놓은 거 보면 더 기가 막힌다. 한번 볼래?"

그 말에 박희재가 서둘러 대한의 답안지를 살폈다.

분명 1등으로 나갔다고 해서 포기한 줄로만 알았는데?

그런데 내용을 보니 박희재는 자기도 모르게 헛웃음을 터뜨렸다.

'병사들에게 전투사나 전쟁사를 교육하여 전장에서 행동화를 촉구하는 교육이 필요하다고 판단한다?'

들은대로 내용 자체는 5줄이긴 했다.

하지만 5줄을 요약한 핵심이 꽤나 괜찮았다.

핵심을 뒷받침하는 근거 또한 마찬가지.

'현 교육이 전우애나 자기희생을 보여 주기에 부족함이 있다고 판단했구나.'

구구절절 설명이 필요 없었다.

특히 옛날 군인들이라면 다들 한 번에 이해할 수 있는 내용들이었으니까.

이원영도 답안지를 보고 고개를 끄덕였다.

'확실히 요즘 병사들한테 전우애를 기대할 순 없지.'

애초에 기대도 안 했다.

그저 사고만 치지 않고 조용히 전역해 주면 감사하다고 생각하고 있었으니까.

하지만 대한은 실제 전쟁이 일어났을 때 군인이 가져야 할 자세를 강조했다.

의무 복무를 하기 위해 들어 온 곳이었지만 들어온 이상 군인이었으니까.

그러니 군인으로서 가져야 할 자세는 사고를 치지 않는 것이 아니라 완벽한 군인이 되는 것이 맞았다.

복무 기간에만 한정이 되는 것이라도 그 기간만큼은 그래야 한다는 것.

그래서일까?

박희재는 새삼스레 대한의 답안지를 보고 본인의 군 생활을 돌아보게 되었다.

'생각해 보니 군인으로서 가져야 할 자세를 제대로 교육해 준 적이 없구나.'

교육을 해 준 적이 없어도 공병단 병력들은 알아서 잘해 주고 있었다.

이는 부대의 분위기가 좋아서 가능했던 것.

물론 그렇다고 해서 대한이 제시한 교육의 필요성이 절대 작진 않았다.

두 사람 다 얼빠진 표정들을 짓고 있자 최한철이 웃으며 말했다.

"아차 싶지?"

"······예, 그렇습니다."

"나도 자네랑 같은 생각이었어. 오죽했으면 사령관님한테까지 보여 드렸겠나."

"이걸 말씀이십니까?"

"왜, 보여 드릴 만하지 않나? 사령관님은 물론이고 다른 참모들한테도 다 보여 줬어."

최한철이 말한 참모들이라면 최소 대령에 다들 요직에 앉아 있는 자들이었다.

박희재가 조심스럽게 물었다.

"다들 저희처럼 생각했습니까?"

"당연하지. 저게 중요하지 않다고 생각하는 사람은 없어."

박희재는 놀란 눈으로 대한이 제출한 답안지를 바라봤다.

'이 5줄로 대체 몇 명에게 인정을 받은 거야?'

5줄이라 더 충격적으로 다가왔을 것이다.

그러니 이제 작전사에 대한의 이름을 모르는 사람은 없다고 해도 과언이 아닐 터.

그렇게 생각하자 박희재는 자기도 모르게 웃음이 났다.

이어 최한철이 나머지 만점자들에 대해서도 설명했다.

"정우진이는 육사 1번이라 불릴 만하더라. 깔끔해 아주."

"제가 믿고 쓰는 중대장입니다."

"박 중령은 참 부러워. 밑에 인재가 많아."

"하하, 말년에 운이 좋은 것 같습니다."

"나는 언제 운 좋아 보나 몰라. 아 그리고 정신 전력에는 만점자가 하나 더 있어."

"한 명 더 말씀이십니까?"

누구지?

후보가 없는데?

두 사람이 궁금한 표정을 지어 보이자 최한철이 직접 서류 파일을 넘겨주며 세 번째 만점자의 답안지를 보여 주었다.

그러자 이내 앞뒤로 글자가 빽빽하게 적힌 답안지가 보였는데 그 답안지는 다름 아닌 윤지호의 것이었다.

앞뒤로 빽빽한 답안지를 본 박희재가 말했다.

"……엄청 열심히 했나 봅니다."

"그래, 교범을 아예 다 외운 것 같더라. 그렇게 빼곡하게 적은 놈은 또 처음이다."

윤지호의 이기고 싶어 하는 노력이 답안지에 그대로 녹아났다. 앞뒤로 가득 찬 글자들을 보며 박희재가 속으로 감탄했다.

'욕심만 가득한 놈인 줄 알았는데 노력도 하긴 하는구나.'

하필 대한과 붙어서 원하는 결과를 얻긴 힘들겠지만 그렇다고 부족한 놈은 아니었다.

대한만 없었다면 상급자들의 인정을 받을 수 있었겠지.

'부족한 점은 가르치면 되고.'

박희재는 윤지호의 군 생활도 챙겨 줘야겠다고 생각했다.

참모장이 인정하는데 자신들이 인정 안 할 순 없었으니까.

박희재가 말했다.

"이 친구도 특급이면 좋았을 텐데 좀 아쉬운 것 같습니다. 종합해 보니 구급법에서 떨어졌다고 들었습니다."

이 질문은 나름대로 최한철에게 항의하는 것이었다.

도대체 왜 그런 덩치를 배치한 것인지 의문이었으니까.

그 말에 최한철이 웃으며 답했다.

"구급법이 좀 빡세긴 했지. 근데 요즘 애들이 얼마나 큰데 그 정도 덩치도 감당 못 하나. 그 정도 병사가 쓰러졌을 때 들지 못하면 그건 그것대로 군인으로서의 자격이 부족한 거 아니겠나."

항의가 씨알도 안 먹힌다.

두 사람은 조용히 고개만 끄덕였고 이어서 최한철이 자리에서 일어나며 말했다.

"슬슬 체력 측정 시작할 것 같은데 가서 응원이라도 해 주자고."

"참모장님도 가십니까?"

"당연히 나도 가야지."

바쁜 최한철이 응원을?

안 봐도 뻔했다.

'대한이를 직접 보러 가시는 거겠지.'

이윽고 세 사람이 집무실을 나선다.

✳

팔굽혀펴기와 윗몸일으키기는 무난하게 특급이 나왔다.

운동을 꾸준히 한 간부들이라면 당연한 특급이었고 체력 측정의 꽃인 뜀걸음을 위해 이동을 했다.

그때, 이원영과 박희재가 간부들에게 다가왔고 대한은 그 무리에서 익숙한 얼굴을 발견했다.

최한철이었다.

"충성!"

"오랜만이다. 김 중위."

"중위 김대한!"

최한철이 대한의 손을 잡아 주며 어깨를 토닥였다.

"정신 전력 잘 봤다."

"벌써 보셨습니까?"

"그래, 기가 막히더구나."

대한은 아직 만점이라는 것을 몰랐기에 어색하게 웃으며 답했다.

"참모장님께서 직접 평가를 하신다기에 핵심적인 내용만 제대로 전달해 드리려고 요약해서 적었습니다."

"왜, 내가 대충 보고 치울 것 같더냐?"

"아, 아닙니다! 보시기 편하실 것이라고 생각하고 적었는데…… 다음부터는 잘 풀어서 적겠습니다!"

"하하, 아니다. 네 말대로 보기 편해서 좋았다. 생각이 깊은 줄은 알고 있었지만 글로도 잘 전달할 줄은 몰랐다. 참모로서 아주 좋은 능력이야."

그럼 마음에 든다는 거지?

대한은 자신의 노림수가 제대로 적중했다는 생각이 미소가 지어졌다.

'역시 군 생활 마스터한 양반들에게 구구절절 늘어놓을 필요는 없지.'

더 짧게 적었어도 대한이 무슨 말을 하고 싶은지는 대충 알았을 것이다.

'그럼 이제 뜀걸음만 잘 치면 특급전사다.'

대한은 최한철의 말에 본인이 정신 전력 특급이란 걸 예상했다.

덕분에 좋은 동기부여가 됐다.

최한철은 대한에게 잘하라고 한 번 더 격려해 준 뒤 결승선으로 이동했고 그 모습을 본 정우진이 다가와 물었다.

"너 참모장님이랑도 친하냐?"

"그냥 얼굴만 아는 정도……라고 생각했는데 친분이 있는 것 같긴 합니다."

겸손 떨려다 그냥 느낀 대로 솔직하게 이야기했다.

너무 겸손해도 밥맛이었으니까.

그 말에 정우진이 어이가 없다는 듯 웃었다.

"……군 생활한 지 얼마나 됐다고 나도 없는 저런 인맥이 다 있냐."

정우진은 대한이 대단하게 느껴지면서도 참 부러웠다. 본인이 못하는 걸 대한은 너무 쉽게 해내고 있었으니까.

물론 질투하는 건 아니다.

정우진은 이제 중위로 올라온 대한을 경쟁자로 여길 만큼 속 좁은 사람이 아니었으니까.

그저 선배로서 기특함을 느낄 뿐.

'밑에 두고 배워야겠어.'

정우진이 웃으며 말했다.

"조만간 저녁이나 같이 먹자. 밥은 내가 살 테니 군 생활 조언 좀 해 줘라."

"……제가 말입니까?"

"어, 네가 나보다 군 생활 잘하잖아."

이건 또 무슨 소리야?

잘나가는 육사가 나한테 뭘 배운다는 건지…….

하지만 그 말이 마냥 빈말은 아닌 것 같아서 기분이 좋았다.

어쨌든 친해지자고 하는 소리니까.

대한이 웃으며 정우진에게 말했다.

"제가 감히 조언해 드릴 게 있을진 모르겠지만 그럼 밥은 비싼 것으로 얻어먹겠습니다."

"하하, 오냐. 먹고 싶은 거 말만 해라."

두 사람이 이런저런 이야기를 나누고 있을 때였다.

박창근이 간부들을 모았다.

"혹시 코스 모르시는 분 계십니까?"

그 말에 이영훈이 대한의 옆구리를 찔렀다.

"너 모르잖아, 손 들어."

대한을 비롯한 초급 간부들은 작전사가 처음이었기에 코스를 모르는 게 맞았다.

하지만 대한은 여유로이 웃으며 답했다.

"괜찮습니다. 2중대장님 따라갈 겁니다."

"2중대장님? 너 중대장님 뛰는 거 아직 못 봤나?"

"기록만 알고 있습니다."

그 말에 이영훈이 고개를 저었다.

"야야, 이상한 짓 하지 말고 그냥 나만 따라와. 내가 딱 특급 페이스로 뛰어 줄 테니까."

"감사합니다. 그래도 일단 첫 도전이니 만큼 2중대장님 페이스에 맞춰 한번 가 보겠습니다."

그 말에 이영훈이 못 말린다는 듯 고개를 저었다.

"네가 아직 2중대장님 체력을 몰라서 하는 이야기구나. 그래 어디 한번 쫓아가 봐라. 그러다 뱁새 가랑이만 찢어지지."

"내기하십니까?"

"무슨 내기?"

"제가 만약 2중대장님이랑 비슷하게 들어오면 밥 사 주십쇼."

"오냐, 그럼 그거 받고 만약 네가 2중대장님 이기면 당직도 같이 서 준다."

그 말에 대한이 눈을 반짝였다.

"말씀하셨습니다."

"눈에서 레이저 나오겠네, 사나이 이영훈. 한번 뱉은 말 안 무른다."

그 말에 대한이 씩 웃으며 출발선에 섰다.

그리고 정우진의 뒤에 서서 발목을 풀자 정우진이 눈썹을 들어 올리며 말했다.

"진짜 따라오게?"

"아예 역전할 생각입니다. 그래야 할 만한 이유가 생겼습니다."

"어쭈?"

간만에 받아 보는 도발에 정우진이 웃었다.

"기대한다. 한번 넘겨 봐라."

이내 박창근이 시작을 알렸고 시작과 동시에 정우진이 단거리 경주를 하듯 튀어나갔다.

'미친, 처음부터 저렇게 뛴다고?'

이영훈이 왜 걱정했는지 알 만하네.

근데 이미 뱉은 말이 있기에 포기할 생각은 추호도 없었다.

대한이 정우진을 쫓아 바짝 달리기 시작하자 그 모습을 지켜보던 이영훈이 다시 한번 고개를 저었다.

'내가 딱 저러다가 퍼졌지.'

부대에서 정우진을 이겨 보겠다고 덤벼든 사람이 어디 한둘이겠는가?

아마 대한도 머지않아 곧 퍼질 것이다.

그리 생각하며 이영훈은 이내 신경을 끄고 자신의 페이스에 집중하기 시작했다.

뜀걸음은 남을 신경 써 가면서까지 달릴 수 있는 게 아니었으니까.

그리고 마침내 이영훈이 특급 기준으로 결승선에 도착했을 때였다.

"……어?"

이영훈은 자신의 눈을 의심했다.

그도 그럴 게 분명 퍼졌을 거라 생각한 대한이 정우진 옆에서 숨을 고르고 있었기 때문이다.

"뭐야? 네가 왜 여기 있어?"

그 말에 대한이 씩 웃어 보이며 번호표를 들어 보였다.

그러자 번호표 안에 적힌 1이라는 숫자가 보였다.

그것을 본 이영훈이 두 눈을 접시만큼 키웠다.

"1? 네가 1등이라고?"

"예, 그렇습니다."

"그럼 2중대장님은?"

그 말에 정우진이 2번 번호표를 들어 올려 보였다.

"대한이 괴물이더라, 나랑 딱 1초 차이 났다. 물론 둘 다 10분 대지만."

"예……?"

이영훈은 진심으로 놀랐다.

12분대는 조금만 연습하면 가능했다.

11분대도 어느 정도 달리기 실력에 노력만 있다면 가능했다.

하지만 10분대는 달랐다.

노력은 물론 재능까지 겸비해야 가능한 수준이었다.

그래서 정우진도 10분대는 늘 아슬아슬하게 들어왔다.

실패할 때도 있었다.

그런데 대한은 처음부터 그걸 해낸 것이다.

정우진이 묵은 숨을 토해 내며 말했다.

"소대장 관리 좀 해라, 저놈 저거 길 모른다는 핑계로 내 뒤에 바짝 붙어서 힘 아끼고 있다가 마지막에 팍 치고 나오더라."

"와……."

아무리 그래도 그렇지 정우진을 이겨?

그때, 대한이 씩 웃으며 말했다.

"중대장님, 아까 하신 말씀 꼭 지키셔야 합니다. 다음에 저 당직 설 때 같이 서 주신다는 거."

"아, 미친……."

혓바닥이 웬수지.

이영훈이 절규하며 무효를 외치고 있을 때였다.

저 멀리서 세 사람을 구경하던 최한철이 다가와 웃으며 아는 체를 했다.

"둘 다 대단한데? 10분대 끊었다며?"

최한철의 등장에 세 사람이 잽싸게 일어났고 정우진이 얼른 대답했다.

"매일 체력 단련을 소홀히 하지 않아서 가능했던 것 같습니다!"

"자네는 1차 중대장인가?"

"아닙니다. 2차 중대장입니다."

"그럼 군 생활을 좀 했을 텐데도 여전히 체력 관리를 잘하고 있구만?"

"부대에서 체력을 중요시하고 있어 자연스럽게 관리할 수 있었습니다."

그 말에 최한철이 흡족함을 표하며 고개를 끄덕였다.

그리고 시선을 옮겨 대한을 보며 말했다.

"난 네가 중대장 뒤에 따라오고 있는 줄도 몰랐다. 어떻게 그렇게 딱 숨어 있다가 막판에 치고 나오던지…… 나 때였으면 넌 부대 가서 크게 혼났을 거다."

"하핫, 군대가 좋아지고 와서 다행이라 생각하고 있었습니다."

"큭큭, 하여튼 재밌는 놈이야. 그나저나 다들 체력 상태를 보니 특전이나 특공이랑 붙어도 이길 수 있겠네?"

"예, 이길 수 있습니다."

대한이 자신 있게 대답했다.

물론 실제로 붙으면 질 확률이 더 높았다.

특전이나 특공의 주요 일과는 체력 단련이었으니까.

하지만 장군이 물어보는데 어떻게 엄살을 부릴까?

그런데 최한철의 반응이 좀 이상했다.

"그래, 이길 수 있어야 해. 안 그럼 우리도 곤란해진다고."

뭐지?

저게 무슨 말이지?

"……그게 무슨 말씀이십니까?"

"아니다. 고생 많았고 부대 돌아가서 푹 쉬어라."

"아, 예. 고생하셨습니다! 충성!"

뭐지?

방금 뭘 들은 것 같은데…….

세 사람은 불길함에 서로 시선을 주고받았지만 아닐 거라고 생각하며 이내 머릿속에서 지우기로 했다.

✳

부대에 복귀하고 난 뒤 박희재가 대한과 정우진을 따로 호출했다.

"둘 다 평가 보느라 고생했고 작전사가 인정하는 특급전사가 된 걸 축하한다."

그 말에 대한은 짜릿함을 느꼈다.

역시.

내 방식이 틀리지 않았어.

대한이 함박웃음을 지으며 대답했다.

"넵! 감사합니다!"

그 말에 정우진도 진심으로 축하해 주었고 박희재가 뒤이어 말했다.

"그런 의미에서 한 번 더 축하한다, 대대에서 너희 둘만 특급전사가 됐으니 대한이 넌 이제 인사과장 확정이네."

"감사합니다! 열심히 하겠습니다!"

"그래, 열심히 해라. 아참, 과장한테 결과 알려 줬으니까 윤지호랑 마무리 잘 짓고."

그 말에 이번에는 정우진이 대답했다.

"죄송합니다. 대대장님. 제가 소대장 관리를 못 해서 괜히 신경 쓰이게 해 드렸습니다."

"아니다. 혹시나 싶어서 말하는데 뭐라고 하지 마라. 걔도 군 생활에 욕심이 있어서 그랬던 거지 나쁜 마음으로 그랬겠냐."

"……알겠습니다."

"됐고, 둘 다 특급전사가 됐으니 두 사람 앞으로 상장 하나씩 나올 거다. 그리고 또 하나 알려 줄 게 있는데…… 아무래도 평가를 한 번 더 치러야 할 것 같다."

그 말에 대한과 정우진이 고개를 살짝 기울였다.

이건 또 무슨 소리야?

이건 전생의 기억에도 없는 것이었다.

그 반응에 박희재가 추가 설명을 덧붙였다.

"별건 아니고 작전사에서 각 부대 특급전사들을 모아 한 번 더 평가를 치른다고 하더라고. 아직 일정이나 평가 방식은 나온 게 없지만 일반적인 평가랑은 좀 다르게 진행될 거라고 들었다."

그 순간, 대한과 정우진은 작전사에서 최한철이 흘리듯이 했던 말이 일순 떠올랐다.

Chapter 2

'그래서 그런 말을 했던 거였구만.'

이제야 이해가 됐다.

체력 측정이 있는데 특수부대 애들한테 지면 평가를 연 의미가 없게 될 테니까.

그렇다면 이번 건은 미리 준비를 해야 하는 게 맞았다

대한이 말했다.

"그럼 체력은 계속 유지하고 있어야 할 것 같습니다. 참모장님이 결승선에서 따로 말씀하신 게 있었습니다."

"그래, 따로 시간 빼 줄 테니까. 둘이 알아서 잘 준비해 봐."

"예, 알겠습니다."

"그래, 다들 다시 한번 더 수고했다. 특히 정우진이, 너 윤지호 나무라면 안 된다?"

"예, 알겠습니다."

그러나 정우진의 표정을 보건데 무조건 나무랄 것 같았다.

'정우진 성격에 절대로 그냥 넘어갈 리가 없지.'

아니, 그냥 넘어가서도 안 됐다.

군대에서 괜히 내리갈굼 문화가 있겠는가?

이런 건 알아서 잘 처리해야 했다.

그래서일까?

대한은 윤지호가 아주 조금 안타까웠다.

'그래도 뭐 이번 기회에 배우고 하는 거지 뭐.'

예컨대 제대로 된 보고 체계 같은 것들 말이다.

대한과 정우진은 그대로 대대장실에 나와 정작과로 향했고 두 사람을 본 여진수가 박수를 치며 말했다.

"이야, 특급전사님들 오셨습니까!"

"충성! 특급전사 중위 김대한!"

"넌 진짜 대박이다, 어떻게 5줄 써 내고 특급을 받을 수가 있지?"

"이게 다 필력이 좋아서 그런 것 아니겠습니까?"

"필력 같은 소리하고 있네. 아무튼 덕분에 결과는 깔끔해졌다. 우진아, 가서 지호 좀 내려오라고 해라."

"예, 알겠습니다."

이제는 확실하게 매듭을 지을 차례.

잠시 후, 윤지호가 어두운 표정으로 정작과로 왔고 여진수는 아까와는 달리 세상에서 가장 진지한 표정으로 입을 열었다.

"결과 들었지?"

"……방금 들었습니다."

"그럼 약속했던 대로 인사과장은 대한이가 가는 것으로 한다. 불만 없지?"

"……예."

윤지호가 이를 꽉 깨물며 대답했다.

'많이 억울한가 보네.'

그렇다고 봐줄 순 없었다.

내기는 내기였으니.

게다가 애초에 대한이 지는 것 자체가 웃긴 일이었다.

'내가 군 생활만 몇 년인데.'

만약 윤지호한테 졌으면 부끄러워서라도 군복을 벗어야 했다.

그때, 여진수도 윤지호가 안타까웠는지 목소리를 가다듬고 슬쩍 말을 얹었다.

"흠흠, 인사과장 자리는 그렇게 됐지만 그래도 남은 곳 중에 가고 싶은 곳 있으면 말해. 대대장님께서 너한테 먼저 선택권 주신다고 하셨다."

그 말에 윤지호는 잠시 고민하더니 이내 입을 열었다.

"저 그럼 소대장 계속하겠습니다."

"……뭐?"

여진수는 생각지 못한 대답에 당황했다.

그러자 뒤에서 듣고 있던 정우진이 윤지호를 불렀다.

"야, 윤지호."

"중위 윤지호."

"너 생각이 있냐, 없냐?"

정우진은 진심으로 윤지호가 답답했다.

대대에 대한의 동기는 세 명이고 참모 자리도 딱 세 자리였다.

당연히 여진수도 참모 자리 중에 하나를 고르라고 물어본 건데 갑자기 소대장이라니?

정우진은 슬슬 짜증…… 아니 진심으로 화가 나기 시작했다.

"대대장님 지휘부담 드리는 것도 한두 번이지 이번에 또 같은 실수를 반복하려고 해? 그리고 내가 이런 건 나한테 미리 보고하라고 했지? 그냥 냅다 지르기만 하면 단 줄 알아?"

조곤조곤 말했지만 말 한마디 한마디에 담긴 정우진의 감정은 금방이라도 터질 것만 같았다.

그러나 윤지호는 눈치가 없는 건지 일부러 그러는 건지 덤덤하게 대꾸했다.

"……지금 여쭤보시는데 어떻게 미리 보고를 드립니까."

아이고 지호야.

그만!

그만해!

그건 정답이 아니야!

그러나 물은 이미 엎질러졌고 말은 이미 뱉어져버렸다.

정우진이 미간에 '참을 인'자를 그리며 목소리를 억눌렀다.

"하…… 생각을 거기까지밖에 못 하는 거냐? 나랑 상의하고 답변드린다는 생각은 못 해?"

보고 체계를 한 번이라도 생각해 봤다면 할 수 있는 대답이었다.

하지만 윤지호의 입장에선 항상 자신을 갈구기만 하는 정우진이었기에 그가 본인의 편이라고 절대로 생각하지 않았고 어떻게든 혼자서 살길을 구축해야 한다고 생각했다.

그래서 저리 대답한 것이다.

그러나 눈치가 아예 없는 건 아니라 살벌한 분위기에 입을 꾹 다물었다.

정우진이 뜨거운 숨을 토해 내며 말했다.

"그래, 소대장 한 번 더 하는 거 좋다. 근데 한 번 더 하면 내 밑에서 해야 하는데 괜찮겠냐? 너 버틸 수 있겠어?"

정우진도 상급자이기 전에 사람이었다.

이런 놈을 어떻게 곱게 데리고 있을 수가 있을까.

그러니 이건 일종의 경고였다.

내 밑으로 들어오면 절대로 챙겨 줄 생각이 없다는.

그러나 윤지호는 계획이 다 있었다.

"그럼 중대를 바꿔서 가던지 단으로 올라가겠습니다."

"하…… 너 나한테 진짜 왜 그러냐."

결국 눈치 보던 여진수가 폭발했다.

정우진도 더 할 말이 없는지 그저 윤지호를 노려볼 뿐이었고.

결국 대한이 급히 입을 열었다.

고래 싸움에 새우등 터진다고 이대로 가다간 내가 눈칫밥에 깔려 죽게 생겼으니까.

"저…… 과장님?"

"왜?"

"아무래도 이 건은 대대장님께 다시 보고 드리는 게 나을 것 같습니다."

"뭐? 이걸로 또 보고 드리자고? 왜?"

"어차피 저희 선에선 결론이 안 날 것 같아서 드리는 말씀입니다. 만약에 소대장으로 남아 있으려면 저희 대대에 올 후배들 중에 하나가 참모직을 수행해야 하는데 그렇게 되면 교육도 따로 받아야 합니다."

원래 중위들의 다음 보직은 대대장 마음이었다.

하지만 박희재의 성격상 윤지호를 억지로 참모 자리에 앉힐 것 같진 않았다.

그래서 미리 조치를 취하자는 것이다.

여진수도 대한의 말에 동의하는지 연거푸 한숨을 내쉬고는 자리에서 일어났다.

"……알겠다, 갔다 올게."

"옙, 다녀오십쇼."

정우진은 여진수에게 미안한지 여진수를 따라갔다.

아마 여진수 옆에 고개 숙이고 죄송합니다만 외치겠지.

이윽고 두 사람이 나가자 대한도 답답한 마음에 한숨을 내쉬었고 그것을 본 윤지호가 피식 웃으며 말했다.

"야, 이겨서 좋냐?"

"뭐?"

"솔직히 좋잖아. 내 말 틀려?"

그 말에 대한은 속으로 혀를 내둘렀다.

전생의 윤지호는 이렇게까지 덜 떨어지는 놈은 아니었던 것 같은데 설마 기억이 미화된 건가?

그러나 윤지호의 다음 말이 더 가관이었다.

"누가 뭐라고 해도 난 소대장 한 번 더 할 거다. 그리고 만약 대대장님이 이유를 물어보면 네가 추천한 거라고 이야기할 거고."

"내가 언제 너한테 그런 추천을 했는데?"

"아무튼 할 거야."

그 말에 대한은 입을 다물었다.

한심해서 더 말을 섞고 싶지 않았기 때문이다.

대신 어떻게 하면 윤지호를 조질 수 있을지에 대해 궁리하기 시작했다.

이런 놈은 피부로 직접 고통을 느껴야 자신의 잘못을 깨달을 테니까.

그때였다.

콰앙!

정작과 문이 거칠게 열렸고 박희재가 등장했다.

"둘 다 대대장실로 들어와."

아휴.

대대장님이 많이 화가 나셨네.

물론 대한은 무섭지 않았다.

잘못한 게 없었으니까.

이윽고 두 사람이 대대장실로 들어가자 먼저 들어와 낯빛 어둡게 앉아 있는 두 사람을 볼 수 있었다.

대한이 조용히 여진수의 앞에 앉자 여진수가 목소리를 낮춰 말했다.

"대대장님도 참다참다 터지셨다."

그럴 만도 하지.

사실 이 정도 참은 것만 해도 대단했다.

만약 박희재가 아니라 옛날 군인 같은 사람이 대대장이었으면 진작에 쪼인트 까고도 남을 일이었으니까.

박희재가 앉은 자리에서 물을 벌컥벌컥 들이켠 후 윤지호에게 말했다.

"야, 윤지호."

"중위 윤지호."

"군 생활을 얼마 안 한 놈이라 그럴 수 있다고 넘어가려 했는데 이건 정도가 지나치다. 넌 보직 권한이 누구한테 있다고 생각하냐?"

"대대장님입니다."

"그렇게 생각하는 거 맞아?"

"예, 그렇습니다."

"아닌 것 같은데? 넌 그냥 네가 가고 싶은 자리에 막 갈 수 있다고 생각하는 거 같은데? 넌 내가 아무 자리에 앉히면 그걸로 끝이야. 알아?"

윤지호는 입을 꾹 다물었다.

사실이었기 때문이다.

하지만 그 행동이 박희재를 더 화나게 했다.

"말년이라 뭐든 좋게 좋게 조용히 넘어가려고 했더니만 그렇게 해 주니까 아예 기어오르려고 사다리를 깔고 있네. 야, 너 같은 중위 필요 없어. 넌 다음 보직 다른 부대에서 풀게 될 줄 알아라."

아예 다른 부대로 보낸다는 말을 면전에 던지다니.

화가 나도 제대로 난 듯했다.

'그럼 참모 자리에는 초임 장교가 오겠군.'

물론 고생이야 좀 하겠지만 윤지호보단 나을 것이다.

이렇게 일단락되나 싶던 순간이었다.

입 다물고 있던 윤지호가 물었다.

"그럼 전 어디로 보내실 겁니까?"

아이고 지호야.

제발 입 좀!

그러나 폐급은 자기가 폐급인 걸 모른다고 폭주 기관차처럼 날뛰었고 박희재는 해탈한 듯 너털웃음을 터뜨렸다.

"하하…… 새끼가 그래도 끝까지 죄송하단 소리를 안 하네? 내가 그걸 왜 알려 줘야 해? 전방이든 북한이든 알아서 보내 줄 테니까 눈앞에서 당장 꺼져."

윤지호는 고개를 끄덕이고는 그대로 대대장실을 빠져나갔다.

그 행동을 본 대한은 적잖게 놀랐다.

'그냥 막 살기로 마음을 먹었구나.'

그게 아니면 저런 행동은 도무지 이해할 수가 없는 것이었으니까.

박희재는 냉수 한 잔을 추가로 들이켰고 그 모습에 여진수가 어렵사리 입을 열었다.

"저…… 대대장님, 정말 다른 부대로 보내실 겁니까?"

여진수는 보직 바뀌는 시기를 걱정하는 마음에서 물은 것이었다.

후방에 있는 부대다 보니 간부 하나도 귀한 상황인데 그런 상황에 다른 부대로 보내버리는 것 자체가 부담이었으니까.

박희재도 그 사실을 알기에 눈살을 좁히며 말했다.

"그럼 뭐 다른 대책이라도 있냐?"

"그게……."

박희재의 물음에 모두들 쉽게 대답하지 못했다.

그때 박희재의 시선이 대한에게로 옮겨졌다.

뭐야.

왜 날 봐요?

쟤는 제 동기예요.

그런 생각에 시선을 피하려던 찰나, 대한에게 좋은 생각이 떠올랐다.

"혹시…… 제가 의견을 내도 괜찮으시겠습니까?"

그 말에 모두의 시선이 대한에게로 꽂혔다.

"뭔데?"

박희재의 살벌한 목소리.

그러나 대한은 기죽지 않고 떠올린 바를 이야기했다.

"제가 생각하기에 현 상황에서 가장 좋은 방법은 그럼에도 불구하고 윤 중위를 부대에 남기는 것이라고 생각합니다."

"그걸 누가 모르냐? 근데 저 자식이 저런 식으로 나오는데 어떻게 남겨? 아무리 못난 놈이라도 고쳐서라도 데리고 가는 게 내 원칙이야. 근데 겁을 안 먹는데 고쳐지겠냐고!"

화가 많이 나긴 했지만 그렇다고 아예 박살내고 싶은 생각은 없었다.

그럼에도 윤지호는 초급 장교였으니까.

그렇기에 어떻게든 스스로의 잘못을 깨닫고 반성하게 만들고 싶었다.

그게 지휘관의 역할이고 군을 위해서 해야 되는 선택이었으니까.

박희재의 뜻을 확실하게 캐치한 대한이 보다 자신감 있게 의견을 피력했다.

"그럼 그냥 2중대에 놔두면 되지 않겠습니까?"

"뭐?"

"이번 기회에 2중대장이 책임지고 윤 중위를 사람으로 만들면 될 것 같습니다."

그 말에 여진수도 대한의 뜻을 0.1초 만에 파악하고 바로 맞장구를 쳤다.

"그래! 소대장 관리 제대로 안 한 우진이 네 잘못이잖아! 그러니까 네가 책임지면 되겠다! 아니, 네가 책임 져! 저 자식 사람 만들어!"

"……과, 과장님?"

여진수의 맞장구에 정우진의 눈동자가 지진이라도 난 것처럼 떨리기 시작했다.

그 말에 박희재도 제법 괜찮은 의견이라 생각했는지 이내 한쪽 입꼬리를 끌어 올렸다.

"맞네. 윤지호 저놈이 저러는 것도 어떻게든 장기 복무 하려고 저러는 걸 건데 그럼 육사 엘리트인 우진이 네가 책임지고 사람으로 만들면 되겠다. 안 그러냐?"

"맞습니다. 2중대장 같은 엘리트 밑에서 배운다면 윤 중위도 충분히 훌륭한 군인이 될 수 있을 것 같습니다."

여진수가 다시 한번 더 맞장구를 친다.

됐다.

상황은 완전히 기울었다.

그 말에 정우진은 흔들리는 동공으로 대한을 한번 쳐다보더니 이내 한숨을 한번 내쉬며 대답했다.

"……알겠습니다. 제가 책임지고 사람 만들겠습니다."

"크큭, 그래. 우진이가 고생 좀 해라."

원래 한 살 형이 제일 무섭다고, 윤지호가 대대장이 무섭기나 할까?

매일같이 보고 갈구는 정우진이 제일 무섭지.

그래서 이런 묘책을 낸 것이다.

물론 대한이 이런 의견을 냈다고 해서 정우진이 대한에게 눈총을 보내진 않았다.

정우진은 책임감 있는 엘리트 군인으로 차라리 이번 기회를 통해 자신이 소대장 관리를 제대로 못 한 것에 대한 실수를 만회하고자 생각했으니까.

일이 해결되자 그제야 숨통이 트였는지 박희재의 자세가 편해졌다.

하지만 아직 문제가 다 정리된 건 아니었다.

대한이 박희재에게 물었다.

"대대장님, 그럼 인사과장한테 공병학교에 연락하라고 합니까?"

"공병학교에는 왜?"

"윤 중위가 소대장으로 남아 있으려면 초임 장교가 참모로 와야 하지 않습니까."

그 말에 박희재의 표정이 다시 일그러졌다.

"맞네. 그럼 그 녀석은 정보장교 시키면 되려나?"

"본부중대장은 초임 장교가 하기 힘들 것으로 예상됩니다."

"아니지. 2중대장이 윤지호 그놈을 빨리 교육하면 되잖아."

박희재가 희망찬 눈빛으로 정우진을 바라봤다.

하지만 정우진이 얼른 고개를 내저었다.

"제가 데리고 있던 기간이 이미 반년이 넘습니다. 그래도 변한 게 없는 놈인데 남은 3개월로는 부족할 것 같습니다."

아닌 건 아니었다.

정우진의 단호함에 박희재가 울상이 되자 이번에는 정우진이 입꼬리를 올리며 말했다.

"대대장님, 소위를 참모 앉히기에는 부담이시지 않습니까?"

"당연히 부담이지. 일이야 하겠지만 애들이 힘들어서 버티겠냐."

"그럼 저한테 좋은 생각이 있습니다."

"뭔데?"

"이왕 일이 이렇게 된 거 대한이가 임시 본부중대장으로 있으면 어떻겠습니까?"

"오?"

"……주, 중대장님?"

뭐, 뭐야?

왜 갑자기 일이 이렇게 되는 건데?

그러나 박희재와 여진수의 눈에는 이미 활기가 돌았다.

"괜찮은데?"

"저도 그렇게 생각합니다."

"저, 대, 대대장님. 저, 전 이미……."

그러나 여진수가 잽싸게 대한의 말을 끊었다.

"대한이라면 충분히 가능할 것 같습니다. 게다가 동기가 원하는 자리를 차지해서 동기가 삐뚤어진 것이니 어찌 보면 이번 일에는 대한이도 일부 책임이 있지 않겠습니까?"

"맞네, 그러니까 너도 책임져. 어디 은근슬쩍 2중대장한테만 다 떠넘기려고."

와.

이게 이렇게 된다고?

안 된다.

이렇게 되면 나 과로로 죽는다고!

나 이제 겨우 중위 달았단 말이야!

대한이 필사적으로 부정하기 시작했다.

"하지만 인사과장이 해야 될 일이 한두 개는 아니지 않습니까?! 저도 이제 배우는 단계입니다."

"그렇다고 새로 들어오는 애를 고생시키게? 이야, 김대한이 너 그렇게 안 봤는데 되게 냉혈한이구나?"

"그, 그런 게 아니지 않습니까……."

"걱정도 팔자다. 내가 인사과장 일 많이 없도록 도와줄게. 과장아, 가능하지?"

"예, 당연히 가능합니다. 인사과장 겸 본부중대장이 얼마나 바쁜데 당연히 제가 도와야죠."

입에 침이나 바르고 거짓말해라!

대한은 잠시 눈을 감았다.

상황을 보아 하니 이번 건은 도저히 피할 방도가 없어 보였다.

그래서 차분하게 계산하기 시작했다.

'그럼 난 일과 시작할 때 본부중대장으로 보급관한테 작업시킨 뒤에 내려와서 인사과장 일하고 일과 종료까지 알아서 하면 되는 건가?'

그러네?

행정계원들이 본부중대 소속이니 따로 병력관리 할 것도 없었다.

그냥 각 사무실에서 일하고 있을 테니 애초에 일과 시간에 건드릴 병력도 없을 터.

'이렇게 되면 오히려 좋은 건가? 자력에 본부중대장도 들어가니까?'

겸직을 하는 것도 좋은 능력이니 자력에 도움이 되긴 할 터.

'확실히 할 만하다.'

하지만 대한은 절대로 여유를 보이지 않았다.

군대…… 아니 직장에서 할 만하다고 하면 오히려 일이 더 추가될 테니.

그래서 우는 소리를 냈다.

"……알겠습니다. 그렇게 하겠습니다. 대신 많이 도와주셔야 됩니다."

"이야, 역시 우리 대한이. 시원해서 좋구만?"

대한의 대답에 정우진도 그제서야 활짝 웃었다.

"고생이 많다, 대한아."

"……중대장님도 고생이 많으십니다."

과연 정우진이다.

육사 엘리트는 그냥 죽는 법이 없다.

두 사람이 덕담을 주고받자 그것을 지켜보던 여진수가 키득거렸다.

"대한이는 좋겠네, 좋은 자리는 혼자 다 가져가서."

"하나는 원치 않았습니다만…… 진짜 많이 도와주셔야 합니다."

"후후, 내가 있을 때는 열심히 도와주마. 내가 있을 때는."

잠깐만.

근데 슬슬 여진수 보직 이동할 때가 안 됐나?

대한은 불길한 마음에 못 박았다.

"저…… 과장님? 슬슬 보직 이동하실 때 되신 걸로 아는데 저만 두고 어디 다른 데로 가시면 안 됩니다?"

"에이, 군인이 어떻게 보직을 마음대로 정하나? 위에서 시키는 대로 하는 거지."

이거 어디서 많이 듣던 말인데…….

여진수의 말에 박희재가 싱글벙글 웃으며 말했다.

"너희들 덕분에 대대장은 참 든든하다. 든든해. 밥 안 먹어도 되겠어."

대한은 세 상급자에게 폭풍 칭찬을 들으며 하루를 마무리했다.

✳

다음 주 월요일.

박희재가 아침부터 대대 전 병력들을 사열대에 모아 간단히 말을 전했다.

별건 아니고 부대가 너무 평화로우니 조심하라는 의미에서 하는 일종의 잔소리였다.

이윽고 박희재가 막사로 들어가자 이영훈이 중대원들에게 말했다.

"자, 주목!"

"주목!"

"오늘 작업도 없겠다. 오랜만에 내무사열을 실시하려고 한다."

내무사열이라는 말에 중대원들이 모두 앓는 소리를 시작했다.

"아…… 말년에 내무사열이라니."

"아, 제발…… 보급관님이 검사하는 것만 아니면 된다."

"차라리 작업을 보내 주십쇼!"

한 주의 시작부터 내무사열이라니.

싫을 만도 했다.

내무사열의 본질이 장병들의 건강 상태와, 장비점검을 제대로 하기 위함이라지만 결국엔 대청소를 빡빡하게 해야 한다는 말이나 마찬가지였으니까.

그래서 누가 검사하는지가 중요했다.

대한이처럼 널널하게 하는 사람이 있는가 하면 보급관의 경우엔 매우 빡빡하게 봤으니까.

하지만 이런 중대 내무사열을 담당하는 건 대한과 같은 소대장이 아니었다.

이영훈이 박태록에게 말했다.

"보급관님이 사열 돌고 보고해 주십쇼."

"예, 알겠습니다. 중점사항 있으십니까?"

"아유, 그런 게 어디 있겠습니까. 보급관님이 하시는데. 그냥 평소처럼 하시면 됩니다."

"평소처럼이라……."

평소처럼.

참으로 무서운 말이었다.

그도 그럴 게 박태록의 평소는 매우 하드했으니까.

'어우, 애들 일과 빡세겠네.'

벌써부터 치약 냄새가 진동을 하는 것 같다.

박태록의 검사는 마치 장군이 부대를 방문했을 때처럼 진행했으니까.

그때, 박태현이 대한에게 웃으며 말했다.

"내무사열 말만 들어도 머리 아팠는데 하사 달고 나니까 그저 웃음밖에 안 나옵니다."

"응? 왜 넌 안 할 거라고 생각하는 거지?"

"……예? 제가 왜 합니까?"

"간부 연구실도 해야 하고 병력들 통제도 해야지. 간부가 노는 게 어디 있냐?"

그 말에 박태현의 웃는 표정이 싹 지워졌다.

"아니, 소대장님? 저는 군 생활하면서 내무사열 할 때 소대장님들이 일하는 걸 본 적이 없습니다만?"

"어, 난 안 할 건데?"

"……예?"

"넌 부소대장이잖아."

대한이 박태현의 어깨를 두드려 주며 말했다.

"그리고 소대장이더라도 넌 해야지. 보급관님 돌아다니는데 설마 가만히 쉬고 있으려고? 보급관님이랑 진하게 개인 면담 하고 싶으면 그렇게 하던가."

"아……."

부사관들의 실세인 박태록이 돌아다니는데 박태현이 쉬는 건 상상조차 할 수 없는 일.

박태록이 슬픈 표정으로 말했다.

"그래도 조금은 도와주실 거라고 기대하겠습니다."

"나도 그러고 싶은데 내가 좀 바빠."

"뭐가 바쁩니까, 작업도 없으시지 않습니까?"

"작업은 없는데 고칠 게 있어."

대한은 근처에 있는 2중대를 바라봤다.

그 모습에 박태현이 고개를 기울였다.

"소대장님이 뭐 고치러 다니실 게 있습니까? 장비는 보급관님한테 말하는 게 더 빠르지 않습니까?"

"장비 고친다고 안 했는데?"

대한의 시선이 정우진 앞에서 고개 숙이고 있는 윤지호를 향했다.

✖

대한은 이영훈에게 보고한 뒤 정우진을 만나러 2중대장실로 향했다.

'급한 대로 정우진한테 짬 던지긴 했지만 그렇다고 마냥 방치할 수만은 없지.'

양심이란 게 있는데 어찌 그럴 수가 있을까.

그래서 지금 정우진을 만나러 가는 것이다.

그때, 호랑이도 제 말하면 온다고 마침 화장실을 가려던 윤지호와 딱 마주쳤다.

대한을 발견한 윤지호가 눈살을 좁히며 물었다.

"……네가 여긴 어쩐 일이냐?"

어쩐 일이긴 너 때문이지.

대한이 속으로 한숨을 내쉬며 말했다.

"중대장님이랑 면담하러 왔다, 왜?"

그 말에 윤지호가 대한을 위아래로 훑어보더니 고개를 저으며 화장실로 향했다.

뭐야, 저놈?

대한은 윤지호를 불러 세우려다 이내 관두고 2중대장실 문을 두드렸다.

　"중위 김대한입니다."

　"어, 들어와."

　중대장실에 들어가자 정우진이 의자에 몸을 파묻은 채 휴식을 취하고 있었다.

　"충성!"

　"후…… 앉아라."

　정우진은 많이 지쳐 보였다.

　이유는 안 봐도 뻔했기에 대한이 조심스레 물었다.

　"윤 중위가 말 안 듣습니까?"

　"혹시 들리더냐?"

　"사열대에서 말씀하신 건 안 들렸습니다만…… 중대장님 표정을 보고 확신하고 있었습니다."

　그 말에 정우진이 한숨을 푹 내쉬며 말했다.

　"좋게 이야기해도 고집이고 강압적으로 이야기하면 더 고집부린다. 어떻게 하면 좋겠냐?"

　말 안 듣는 병사는 많았지만 장교가 말을 안 듣는 경우는 없었는지 정우진은 꽤나 힘들어하고 있었다.

　그래.

　뭐든 처음이 힘든 법이지.

　그래서 도와주러 온 것이다.

대한은 윤지호가 무서워하는 게 뭔지 아니까.

"중대장님, 혹시 중대장님만 괜찮으시면 제가 의견 하나만 건의해도 되겠습니까?"

"뭔데?"

"제가 생각하기에 윤 중위가 저러는 건 저희 부대에 삼사 출신 선배 장교가 없어서 저러는 것 같습니다."

"……그게 무슨 말이야?"

대한의 말에 정우진이 고개를 모로 기울였다.

그도 그럴 게 자신도 대대장도 안 무서워하는 놈인데 같은 학교 출신이라고 무서워할까 싶어서였다.

그러나 대한은 본 게 있었다.

"공병학교에서 초군반 교육을 받을 때 담임교관님이 삼사 출신 소령이셨는데 윤지호가 벌벌 기었습니다. 그러니 같은 학교 출신의 선배면 말을 좀 들을 것 같습니다."

교관들은 대체로 무섭다.

병사든 간부든 처음 군 생활을 시작하는 군인들을 확실하게 가르쳐야 했으니까.

그런 의미에서 윤지호는 특히나 더 공병학교 담임교관을 무서워했는데 그 이유 중에 하나가 바로 같은 학교 출신 선배라는 점 때문이었다.

'그리고 사람은 대체로 한번 무서워하면 그 공포가 몸에 각인되어 있는 법이지.'

물론 안 먹힐 수도 있다.

세상에 100%는 없으니까.

정우진도 비슷한 생각인지 대한의 의견이 별로 와닿지 않았다.

"글쎄…… 과연 그게 먹힐까? 그건 공병학교였을 때나 먹혔던 공포잖아. 그분이 직접 오시는 게 아니고서야 내 생각엔 좀 힘들 것 같은데……."

"그럼 초빙해 오면 되지 않습니까."

"그분을 직접?"

"예, 그렇습니다."

"어떻게?"

그 말에 정우진의 얼굴에 흥미가 돌기 시작했다.

"파견 요청을 드리는 겁니다."

"파견을 부탁한다고? 그게 가능해? 그분 담임교관이시라며."

"저희가 좀 고생하면 가능할 것 같습니다."

"어떤 고생?"

그 말에 대한이 의견을 내놓기 시작했고 대한의 의견을 들은 정우진이 호쾌한 표정으로 승낙하며 자리에서 일어났다.

"좋은 아이디어다. 바로 대대장님께 다녀오마."

"예, 그럼 제가 섭외를 담당하겠습니다."

"그래, 어떻게든 통과시켜 줄 테니까 무조건 섭외해."

"예, 알겠습니다!"

대한의 씩씩한 대답을 들은 정우진이 가벼운 발걸음으로 자리를 벗어났고 혼자 남은 대한도 얼른 휴대폰을 들었다.

'오랜만에 전화해 보네.'

현실적 시기상으로는 얼마 안 됐지만 대한의 체감상으론 십수 년은 됐다.

그렇기에 그와 얽힌 기억을 어느 정도 복기한 뒤 심호흡 후 전화를 걸었다.

다행히 휴대폰에 전화번호는 남아 있었다.

잠시 후, 담임교관 선병조 소령이 전화를 받자 대한이 우렁차게 말했다.

"충성! 중위 김대한입니다! 통화 괜찮으십니까?"

─하하, 이게 누구야. 김 중위 아니야?

반갑게 맞아 주는 따뜻한 목소리.

근데 이 양반이 원래 이렇게 따스한 사람이었나?

대한의 기억엔 항상 호통치는 모습밖에 없어 조금 의외였다.

"네, 맞습니다만…… 교관님이 반갑게 맞아주시니 조금 어색한 것 같습니다."

─자식이 무슨 소릴 하는 거야? 그건 너흴 가르쳐야 했으니까 그런 거고. 암튼 오랜만에 반갑다야.

그 말도 맞지.

대한이 피식 웃으며 본론을 이야기했다.

"네, 저도 무척 반갑습니다. 그리고 바쁘신데 죄송합니다. 다름이 아니라 요청드릴 사항이 있어 제가 부대를 대표해서 연락드렸습니다."

─뭐야, 안부전화인 줄 알았더니 청탁이었냐?

"처, 청탁까진 아니고 요청입니다. 그리고 겸사겸사 안부도 여쭈려고……."

─농담이야, 인마! 농담을 다큐로 받다니 너도 참 재미없는 놈이다. 그래도 누군가는 전화를 주는구나? 난 우리 반 애들 다 죽을 줄 알았어. 아무도 연락이 없더라고.

하하…….

그건 이해가 됐다.

이 양반이 원체 무서웠어야지.

게다가 다들 지금쯤이면 한창 정신없을 때가 아닌가?

대한이 웃으며 말했다.

"다들 바빠서 그렇지 않겠습니까, 이제 막 중위 달았을 테니 말입니다."

─그것도 그렇지. 근데 용건이 뭐길래 네가 부대를 대표할 정도야? 네가 그럴 짬이나 되냐?

역시 선병조.

그냥 넘어가는 법이 없다.

하지만 이건 시비를 걸기 위함이 아닌 원래 선병조라는 사람의 말 습관인 걸 알아서 전혀 기분 나빠하지 않고 웃으며 대답했다.

"하하, 물론 그런 건 아니지만 대대장님께 특별히 허락을 받았습니다. 먼저 교관님께 가능한지 여부를 물어보라고 하셔서 제가 연락을 드린 겁니다."

사실 아직 허락을 받은 건 아니었다.

지금쯤 정우진이 박희재와 대화를 나누고 있겠지.

하지만 박희재라면 무조건 대한의 계획에 동의해 줄 것이 분명할 터.

'부하들이 알아서 한다는데 지휘관이 허락 못 해 줄 게 뭐가 있겠어.'

아니나 다를까, 정우진은 이미 허락을 받은 상태였다.

이제 남은 건 대한뿐.

그 말에 선병조가 웃으며 대답했다.

─이야, 벌써 대대장님이랑 그런 이야기도 하고 대단한데? 공문으로 본 것만 해도 잘하고 있는 게 느껴지더니 직접 들어 보니까 더 대단하게 군 생활 중인가 봐?

"전부 교관님께 배운 대로 열심히 했을 뿐입니다."

─배운 대로 하는 게 얼마나 힘든데? 무튼 널 가르친 사람으로서 뿌듯하구나. 그래서, 요청 사항이 뭔데?

"요청 사항은…… 이번에 교관님과 교관님이 맡은 반 인원들 모두 저희 부대로 파견 교육을 와 주셨으면 합니다."

─……응? 파견 교육?

"예, 그렇습니다."

그 말에 선병조는 잠시 미간을 좁혔다.

대한의 말이 이해가 안 됐기 때문이다.

─무슨 교육?

그 말에 대한이 얼른 대답했다.

"저희 부대에 교관님 제자가 5명이나 있지 않습니까?"

─그렇지?

"저는 물론이고 동기들이 다들 힘들어했던 게 장간조립교였습니다."

─아, 그랬어?

대한이 힘들었다고 하니 선병조의 목소리가 바뀌었다.

그도 그럴 게 공병학교에서 딱 하나 교육을 제대로 받지 못했던 것이 바로 장간조립교였으니까.

'어쩔 수 없는 문제였지, 애초에 교육받는 인원들이 적었으니까.'

공병학교에서 장간조립교 교육은 현실적으로 진행이 어려웠다. 조를 나눠 역할을 부여해야 하는데 조를 나누기에도 인원이 애매했기 때문.

그래서 그냥 교범을 외우는 것이 다였다.

선병조도 이걸 알았기에 미안한 감정이 들었고 이는 목소리에서도 드러났다.

그리고 대한은 그 점을 놓치지 않았다.

"예, 다행히 저희 대대장님께서 좋으신 분이라 연습할 기회를 많이 주셨고 이제는 동기들이 다들 장간조립교를 완벽하게 할 줄 압니다. 그런데 저희 대대장님께선 공병학교의 교육을 아쉬워하셨습니다."

―흠, 그렇게 말하니 대대장님께 죄송하네…… 그럼 대대장님께서 공병학교 소위들한테 장간조립교 교육 시켜 주신다고 부르시는 거야?

"예, 그렇습니다."

―흐음, 제안 자체는 진짜 좋은 제안이긴 한데…….

대한은 윤지호에 대한 이야기는 일절 꺼내지 않았다.

일부러 그랬다.

윤지호 때문에 도와달라고 하면 세상에 있는 욕이란 욕은 다 먹을 게 뻔했으니까.

그렇잖은가.

일개 중위 하나 교육하자고 공병학교 인원들을 끌어들이는 꼴이었으니까.

하지만 선병조는 꼭 필요했기에 그가 부대에 올 수 있게끔 정당한 명분을 만들었다.

그게 장간조립교 훈련이었다.

고민하던 선병조가 말했다.

―우리 애들한테도 엄청 좋은 기회이긴 한데…… 너도 알잖냐, 우린 스케줄이 빡빡하다는 거. 그렇다고 주말에 할 수 있는

것도 아니잖아.

공병학교도 학교였다.

그러니 지금쯤이면 이미 4개월치 교육 일정이 빡빡하게 잡혀 있을 터.

그것과 덧붙여 주말에 병력들 보고 장간조립교 구축하자고 하면 그 분위기는 안 봐도 뻔했다.

'쿠데타라도 일으키겠지.'

쉬는 날 사람 부르는 거 아니랬다.

작전이 있는 것이 아닌 이상 주말에는 가만히 놔둬야지.

하지만 대한이 이 사실을 모르고 계획을 짰을까?

대한이 웃으며 말했다.

"아직 간편조립교 훈련은 안 하셨지 않습니까?"

―어, 아직 안 했지.

"그 교육을 저희 부대에 와서 하면 되지 않겠습니까? 부대 인원들도 많으니 장간조립교도 해 보고 간편조립교도 같이해 보면 좋을 것 같습니다. 동원 막사가 잘되어 있어 소위 인원들이 다 와도 충분히 취침 가능합니다."

그 말에 선병조는 자기도 모르게 고개를 끄덕였다.

제법 합리적이었으니까.

―근데 이거 공병 단장님도 허락하신 거냐?

그럴 리가.

근데 허락은 받아 낼 수 있다.

상대는 이원영이었으니.

'지금쯤이면 이미 박희재가 이원영한테 윤지호 문제로 찡찡거렸을 확률이 높다.'

그래서 시원하게 질렀다.

"예, 그렇습니다. 협조 과정에서 문제가 있다면 이원영 대령님이 직접 요청했다고 하시면 됩니다."

―그래?

이원영 이름 석 자에 선병조가 반색한다.

공병에서 이원영의 입지는 상당했으니까.

이원영의 이름이 언급되자 선병조가 웃으며 말했다.

―단장님께서 직접 요청하시는 거면 될 것 같기도 하네. 그럼 오늘 오후 일과 시작할 때 다시·연락하마. 그때까지 답 줄게.

"예, 알겠습니다!"

―그나저나 이 자식, 그래도 중위라고 후배들 생각하는 거냐?

"후배들이 야전 나가서 고생하면 안 되지 않겠습니까."

―하하, 다시 보니 재밌는 놈이었네. 단장님이랑 대대장님께 금방 연락드린다고 말씀드려라.

"예, 기다리겠습니다! 충성!"

반응을 보니 대답도 긍정적일 것 같다.

선병조가 무서운 사람이긴 했어도 교육에서만큼은 열정 있는 사람이었으니까.

'내 기억이 맞다면 이 양반도 진급 꽤 잘했던 걸로 기억하는데.'

공병학교에는 소위들을 교육하는 초군반 담임교관과 대위들을 교육하는 고군반 담임교관이 있다.

초군반 담임교관은 진급과는 상관없는 자리지만 고군반은 좀 달랐다.

군에서 가장 실무자인 계급을 꼽자면 대위라고 할 수 있었고 그들을 직접 교육하는 사람을 아무나 앉힐 수는 없었으니까.

그런 의미에서 고군반 담임교관은 능력 있는 사람이 맡아야 했고 능력 있는 사람은 당연히 진급도 수월할 터.

그러니 사실상 고군반 담임교관 자리는 진급할 사람을 앉혀 놓는다고 해도 과언이 아니었다.

'공병에서 교육 쪽으로 가려는 사람 중 가장 뛰어난 사람이 가는 거지.'

대한의 기억에 선병조는 진급을 잘 했으니 아마 조만간 고군반 담임교관도 맡게 될 터.

그러니 교육에는 아주 적합한 인재라고 볼 수 있었다.

대한이 전화를 끊고 한숨 돌리자 때마침 정우진이 돌아왔다.

그런데 표정이 무척이나 밝다.

"대대장님 허락받았고 대대장님이 직접 단장님께 올라가셨다."

"역시 대대장님이십니다. 직접 가셨으면 단장님도 허락하시겠습니다."

"당연하지. 그나저나 넌 어떻게 됐어."

정우진의 물음에 대한도 씨익 웃으며 답했다.

"오후에 답 준다고 하셨는데…… 교육이라면 어떻게든 오실 분이니 긍정적일 것 같습니다."

"일정을 새로 만드는 것만 아니라면 충분히 가능하겠지. 그럼 이제 기도만 하고 있으면 되는 건가?"

"예, 그런 것 같습니다."

그리고 두 사람의 기도는 하늘에 닿았다.

"충성! 중위 김대한, 전화받았습니다."

―어, 대한아. 단장님께 협조 공문 보냈으니까 말씀드리고 가서 인사드린다고 전해 줘.

"아, 예! 알겠습니다!"

대한이 신나게 대답하자 정우진이 주먹을 불끈 쥐었다.

그런데 기뻐하는 것도 잠시, 공문이라는 말에 제정신이 돌아왔다.

"저, 교관님?"

―어, 왜.

"공문을 보내신 거면 일정을 정하신 겁니까?"

―그래, 기본이잖아.

맞는 말이지.

근데 난 일정을 말한 적이 없는 걸?

선병조가 허락을 받아오면 그제서야 이야기 할 생각이었는데 그 과정을 뛰어넘은 채 공문을 보냈다니 그저 의아할 따름이었다.

대한이 재차 물었다.

"제 말은 일정에 대해 말씀드리지 않았는데 벌써 공문을 보내셨다길래 의아해서 여쭤봤습니다."

—난 또 뭐라고, 우리 교육 일정상 스케줄은 우리가 정해야돼. 공병학교 스케줄 빡빡한 거 알잖아, 그러니까 일정 변경은 절대로 안 되니 혹시라도 안 되면 바로 말해 줘라.

아.

그런 거였어?

대한이 반색했다.

"당연히 공병학교 일정에 맞춰야죠. 부대에 바쁜 일정이 없어서 언제 오시든 상관없을 겁니다."

—오냐, 그럼 내일 보자.

"……예? 내일 말씀이십니까?"

—어, 우리도 이번 주밖에 시간 없어서 급하게 공문 보냈다. 단장님께 얼른 보고드려라. 되든 안 되든 연락 주고. 나 교육 있어서 먼저 끊는다.

대한은 끊어진 휴대폰을 멍하니 쳐다봤다.

그 맹한 표정에 정우진이 짐짓 불안해하는 표정으로 대한에게 물었다.

"왜? 너 표정이 왜 그래?"

"내, 내일 오신답니다."

"뭐? 내일?"

"예, 이번 주만 가능하시다고 단장님께 공문 보냈답니다."

"그게 무슨……."

두 사람이 황당한 표정으로 서로를 쳐다본다.

그러나 정우진은 이내 웃었다.

"하하…… 아냐, 오히려 잘됐어. 일찍 와 주시면 오히려 좋지."

"그렇긴 합니다만……."

맞긴 했다.

일찍 오면 윤지호 문제를 더 일찍 해결할 수 있을 테니까.

문제는 우리가 바빠진다는 것.

앓는 소리 해 봐야 변하는 건 없다.

이미 물은 엎질러졌다.

"그럼 일단 전 동원막사부터 준비하러 가보겠습니다."

"병력 지원해 줘?"

"그래 주시면 너무 감사하겠습니다. 저희 중대 인원들 전부 내무사열 준비 중이라 차출이 힘듭니다."

그 말에 정우진이 씩 웃었다.

"윤지호네 소대 인원들 싹 다 데리고 가. 공병학교 인원들 얼마 안 되니까 그 정도면 충분하지?"

"……윤지호도 같이 가라는 말씀이십니까?"

"당연하지, 네가 내일 교관님 오시기 전에 윤지호한테 사전 교육 좀 시켜 줘. 잘 됐다 뭘 시키기가 애매해서 가만히 놔두고 있었는데 너랑 같이 보내면 나야 든든하지. 그럼 난 단장님께 다녀올 테니 부탁 좀 할게?"

말을 마친 정우진은 서둘러 중대장실을 빠져나갔고 대한은 그 뒷모습을 보다 조용히 눈을 감고 한숨을 내쉬었다.

✳

얼마 뒤, 대한은 윤지호와 동원막사 준비를 시작했다.

윤지호는 순순히 따라왔지만 더 이상 부대에 미련이 없다는 듯 아무런 일도 하지 않았다.

그저 팔짱만 끼고 벽에 기대어 있을 뿐.

대한이 빗자루로 바닥을 쓸다 윤지호에게 물었다.

"왜 갑자기 동원막사 청소하는지 안 궁금하냐?"

그 말에 윤지호가 어깨를 으쓱였다.

모르는 건 물론이고 본인과는 상관없다는 것이겠지.

아휴, 저 깜찍한 새끼.

조카였으면 머리라도 한 대 쥐어박았을 텐데.

하지만 그러질 못 하니 열반에 들고자 하는 스님의 마음으로 미소를 띠우며 말했다.

"내일 특별한 손님이 오거든."

"근데?"

"그 손님 안 궁금해?"

그 말에 윤지호가 인상을 찌푸리며 말했다.

"말 섞기 싫으니까 그냥 입 다물고 네 할 일이나 하는 게 어때? 별로 궁금하지도 않으니까."

그 말에 대한은 그냥 입을 다물기로 했다.

마음의 준비라도 하라는 의미에서 귀띔해 주려고 했는데 그 기회를 발로 걷어차 버리다니.

"그래, 그럼."

"쯧."

윤지호가 혀를 차며 다시 팔짱을 낀다.

일은 수월하게 진행됐다.

좀 귀찮긴 해도 막사 정리도 끝났고 공병학교 인원 맞을 준비도 모두 끝냈다.

정우진도 단장과 대대장에게 허락을 모두 받아 왔고.

당연한 결과였다.

두 사람이 직접 준비하는 것도 아니고 대한과 정우진이 알아서 준비한데다 병력들 장간조립교 훈련까지 해 준다는데 지휘관의 입장에선 무척이나 고마운 일이었으니까.

대한이 말했다.

"다행입니다. 동원막사도 준비 끝났습니다."

"내일 훈련은 어떻게 할 거냐?"

"총기를 제외한 단독군장으로 1, 2중대 전 인원이 올라가서 계급 낮은 인원들 위주로 훈련실시하면 되지 않겠습니까?"

대한의 말에 정우진이 대번에 고개를 끄덕였다.

"연습도 할 겸 그렇게 하자. 그나저나 윤지호는 어떻게 할 거야?"

"아, 훈련 참가 말씀이십니까?"

"어, 막사 청소도 거의 안 했다며."

아무래도 소대원들이 말한 모양.

그 물음에 대한이 씩 웃으며 말했다.

"그건 걱정하지 않으셔도 될 것 같습니다. 제 생각엔 아마 내일 윤지호가 제일 열심히 하게 될 겁니다."

"교관님 무서워서?"

"딱 보면 아실 겁니다."

"사실 윤지호 그 자식이 누굴 무서워한다는 게 아직도 안 믿긴다마는…… 내가 다른 사람은 안 믿어도 너는 믿지."

"감사합니다."

정우진이 피식 웃으며 대한의 어깨를 툭 쳐주었다.

다음 날 아침.

전날의 내무사열로 인해 중대에는 아직도 치약 냄새가 진동했다.

대한은 생활관에 소대원들을 모아 놓고는 말했다.

"오늘 장간조립교 구축하는 거 다들 알고 있지?"

"예!"

다들 목소리가 밝다.

희한한 일이었다.

장간조립교를 하러 간다는데 다들 신나 있었으니까.

이유는 단 하나.

어제 내무사열을 통과하지 못했기 때문이다.

"늬들 너무 기뻐하는 거 아니냐? 그래도 장간조립교 구축인데."

"아휴, 내무사열 다시 준비하는 것보단 낫습니다."

그 말에 대한이 피식 웃으며 말했다.

"총기 미휴대 단독군장으로 생활관 대기해. 아직 장간 미숙한 인원들은 선임들이 교육 좀 시키고 있고."

"예, 알겠습니다!"

대한은 소대원들이 준비하는 모습을 보고는 간부 연구실로 이동했다. 그러고는 휴대폰을 꺼내 선병조에게 전화했다.

"충성! 교관님, 어디쯤이신지 여쭤봐도 되겠습니까?"

–한 30분 남았다.

"알겠습니다. 조심히 오십쇼!"

대한은 전화를 끊고는 시간을 확인했다.

'공병학교에서 대체 몇 시에 출발한 거야?'

장성에 위치한 공병학교에서 대한에 부대까지 오려면 최소 2시간 30분은 걸린다.

근데 현재 시각 09시.

말인즉, 눈 뜨자마자 출발했다는 소리였다.

'이 양반도 참 열정 넘치는 양반이란 말이야.'

물론 교육받는 소위들은 좀 불쌍했지만 대한의 입장에선 선병조가 한시라도 빨리 오는 것이 좋았다.

잠시 후, 대한은 도착 시간에 맞춰 대대장실로 내려갔다.

"곧 도착할 것 같습니다."

"일찍도 오네. 소위들은 원영이랑 잠시 간담회 하게 하고 선소령만 나한테 잠시 데리고 와."

"예, 알겠습니다."

따로 부르는 이유.

윤지호 때문이었다.

아무리 명분을 만들어 부른 거지만 그래도 본 목적은 말해야 하지 않겠는가.

그런 의미에서 대한이 말하는 건 모양새가 좀 이상했다.

'선생님한테 이르는 것 같잖아.'

그러니 박희재가 말하는 게 맞았다.

대한이 마중을 위해 위병소로 향하자 때마침 위병소로 버스 한 대가 들어와 섰다.

대한이 버스를 향해 경례했다.

"충! 성!"

그 모습을 본 선병조가 버스에서 내리며 건치를 드러내며 웃었다.

"오랜만이야, 김 중위."

선병조가 손을 내밀자 대한이 선병조의 손을 잡으며 관등성명을 댔다.

"중위 김대한!"

과연 선병조.

자신의 기억 속에 있는 그 선병조가 맞았다.

이원영 못지않게 근육이 넘치고 진한 인상파 외모의 소유자.

특히 눈빛이 엄청 진해서 처음 보는 사람들 대부분이 그의 기백에 잡아먹혔다.

'나도 그랬었지.'

근데 이제는 나이를 먹어서 그런가, 그저 선병조가 반갑기만 했다.

선병조가 물었다.

"다른 애들은 어디 갔나?"

"장간조립교 훈련 준비 중이라 저만 내려왔습니다."

"넌 준비 안 하냐?"

"병력들에게 이미 준비 다 시켜 놨습니다."

그 말에 선병조가 흐뭇하게 미소 지었다.

"잘하고 있네."

"감사합니다. 일단 단으로 올라가시면 됩니다. 단장님께서 기다리고 계십니다."

"그래."

대한은 선병조와 함께 버스에 올라 단으로 향했다.

버스에 탄 소위들은 부대 구경에 바빴는데 그 모습들을 보니 새삼스레 추억들이 떠올랐다.

'나도 저런 때가 있었지.'

대한이 소위들을 보며 아련한 표정을 짓자 선병조가 웃으며 말했다.

"왜, 갑자기 옛날 생각나고 그러냐?"

"예, 저도 저런 때가 있었다는 게 떠오릅니다."

"사람 사는 거 다 똑같지, 뭐. 그나저나 여긴 좀 여러모로 깔끔해 보인다?"

선병조가 창가 너머로 부대 구경을 하며 진심으로 감탄했다.

빈말이 아니었다.

실제로 대한의 부대는 아주 깔끔한 편이었다.

산에 있는 부대도 아니었고 작전사 직할 부대로서 지원도 빵

빵했으니까.

선병조가 웃으며 말했다.

"저 중에 너희 부대 오는 애들도 있는데 좀 있다 겁 좀 줘라."

"하하, 제가 겁준다고 겁먹겠습니까?"

"다른 사람이면 몰라도 네가 하면 겁먹을 걸?"

"……예?"

이건 또 뭔 소리야?

내가 재네랑 무슨 접점이 있다고?

내 얼굴이 그렇게 험하게 생겼나?

그러나 호기심은 금방 채워졌다.

"너 공병학교에서 얼마나 유명한 줄 아냐?"

"제가 말입니까?"

"공문만 봐도 네 명성은 뻔하지. 소위들한테 항상 말한다. 자대 가서 딱 너처럼만 하라고."

아하.

난 또 뭐라고.

괜히 쑥스럽구만.

대한이 조용히 미소 짓자 선병조가 한마디 더 얹었다.

"그런 의미에서 내가 어떻게 그 짧은 시간 사이에 공문을 보냈는지 아냐?"

"잘 모르겠습니다?"

"학교장님 찾아가서 네가 있는 부대에 간다고 했더니 바로 보내 주시더라."

"아? 정말이십니까?"

"그래, 자식아."

장군이 드문 공병에 딱 한 명 있는 소장.

그 사람이 바로 공병학교장이었다.

그러니 공병 중에 가장 높은 사람이 대한을 알고 있다는 건 여러모로 빅 뉴스였다.

대한이 얼떨떨한 표정을 짓자 선병조가 웃으며 말했다.

"그런 의미에서 애들 교육 끝나면 학교장님이 너 초대한다고 하시더라."

"저, 저를 말씀이십니까?"

"그래, 애들한테 어떻게 군 생활하는지 알려 주고 학교장님 도 뵙고 가라는 거지."

선병조가 대한의 어깨를 툭 쳐 주며 말을 이었다.

"첫 제자 놈이 잘나가서 기분이 좋다."

"허……."

평소 같았으면 선병조에게 립서비스를 같이 해 주었을 텐데 지금은 그럴 정신이 아니었다.

무려 학교장의 초대.

거절은 당연히 불가능이었다.

공병에서 가장 높은 계급을 가진 공병학교장이 공병 중위를 부른다는 데 누가 거절하겠나.

이건 이원영도 못 막아 줄 일이었다.

아직 시기상 한 달도 넘게 남긴 했지만 긴장이 안 될 수가 없었다.

공병학교장은 여태 만난 장군들이랑은 차원이 다른 사람이었으니까.

'분명 좋은 일이긴 한데 뭔가 좀 후달리네.'

대한이 인사 쪽 루트로 진급하겠다고 했지만 공병 병과를 완전히 버릴 순 없었다.

특히 공병 병과 특성상 전역을 하고도 군과 관련된 일을 하는 전역자가 많았는데 학교장 정도면 전역하고 건설기업에 들어가거나 군 시설단에 일하는 것이 대부분.

군에 계속 드나들며 영향력을 행사하는 사람들이 학교장들이었기에 알아만 둬도 훗날 여러모로 도움이 될 터.

그래서일까?

대한은 갑자기 윤지호가 이뻐 보이기 시작했다.

'그 녀석이 아녔음 이런 기회도 없었을 거 아냐.'

자식.

너무 미워하진 말아야겠어.

그쯤 단 막사 앞에 버스가 멈춰 섰다.

"소위들은 다목적실로 이동해서 단장님과 간단하게 간담회 진행할 예정이고 교관님은 저희 대대장님이 잠시 뵙고 싶다고 하셨습니다."

"당연히 뵈러 가야지. 일단 다목적실로 가자."

선병조가 소위들을 이끌고 다목적실로 향했고 다목적실에는 정우진이 자리를 세팅하고 기다리는 중이었다.

이내 선병조를 발견한 정우진이 흠칫 놀랐다.

본인이 생각했던 것 이상으로 선병조의 인상이 무섭고 근육이 우락부락했기 때문이다.

그 모습을 본 대한이 속으로 피식 웃었고 정우진은 얼른 경례했다.

"충성!"

대한이 재빠르게 선병조에게 정우진을 소개했다.

"저희 대대 2중대장입니다."

"반가워."

"대위 정우진! 반갑습니다."

"대한이 데리고 있느라 고생이 많겠네."

"아닙니다. 제 소대장이 아님에도 대한이가 대대에 있어 편하게 군 생활 중입니다."

그 말에 선병조가 대한을 쳐다봤다.

"너 몇 중대냐?"

"1중대입니다."

"2중대장이랑 친해?"

"예, 저 잘 챙겨 주십니다."

그 말에 선병조가 씩 웃으며 소위들에게 말했다.

"봤지? 내 누누이 말하지만 딱 너희 선배처럼만 군 생활해라. 잘만 하면 대대 간부들이 다 잘 챙겨 줄 거다."

"예! 알겠습니다!"

선병조의 말에 소위들이 훈련병들처럼 우렁차게 대답한다.

빈말이 아닌 건 알고 있었지만 이렇게 면전에 대고 금칠받으니 좀 부끄럽구만.

그래도 기분이 썩 나쁘진 않다.

이윽고 선병조가 정우진과 대화를 나누는 사이, 대한이 이원영을 데리고 나타났다.

이원영이 나타나자 바로 선병조가 경례를 올렸다.

"충성!"

"충성. 오느라 고생했네."

"아닙니다. 불러 주셔서 감사합니다."

"감사는 무슨, 근데……."

말을 잇던 이원영이 선병조를 위아래로 훑어보더니 자기도 모르게 입꼬리를 올리며 말했다.

"자네…… 몸 관리를 아주 잘했구만?"

"하하, 감사합니다. 근데 단장님도 관리가 상당히 잘되신 것 같은데……."

"자네 구력이 얼마나 되나?"

"예, 저는……."

동족은 서로를 알아본다고, 두 사람은 금세 서로의 근육을 칭찬하며 운동 이야기로 꽃피우기 시작했다.

그 모습들을 본 대한이 속으로 웃었다.

'하긴, 부대에는 저 정도 근육을 가진 사람이 없으니…….'

두 사람의 대화는 꼬리에 꼬리를 물었고 좀처럼 끝날 기미가 보이지 않자 대한이 조용히 대화를 중지시켰다.

"저 단장님, 슬슬……."

"아아, 그렇지. 내가 깜빡하고 자네를 너무 오래 붙잡아 두고 있었군. 자세한 이야기는 나중에 기회가 되면 또 하자고. 즐거웠네."

"저도 즐거웠습니다."

이원영의 진심에 선병조가 건치를 드러내며 웃는다.

이윽고 세 사람은 대대로 이동하기 위해 다목적실을 나섰고 대대로 이동하기 전 도착 보고를 위해 잠시 선병조가 자리를 옮겼다.

그 사이, 정우진이 여전히 놀랍다는 투로 대한에게 말했다.

"저 정도 덩치면 선배가 아니라도 무섭겠다야. 그나저나 저분 성격도 한 성격하실 것 같은데…… 맞냐?"

"말투 자체는 거친 편이시지만 화내는 건 거의 못 본 것 같습니다."

"그래? 그건 좀 의외네. 근데 그런 분들이 오히려 화나면 엄청 무섭지. 그런 의미에서 갑자기 윤지호가 걱정이네. 너 이따 저분 말릴 수나 있겠냐?"

"최선은 다 하겠지만 자신은 없습니다."

"나도 못 말릴 것 같다. 그냥 기도나 하자."

"정 안 되면 계급으로 눌러야 하지 않겠습니까, 대대장님한
테 도움 요청을 좀 드려야 될 것 같습니다."

대한의 말을 들은 정우진은 자기도 모르게 고개를 끄덕일 수
밖에 없었다.

※

박희재는 선병조를 반갑게 맞이했다.

"오느라 고생했어. 앉지."

"예, 감사합니다."

박희재의 반응도 이원영과 별반 다르지 않았다.

그 또한 선병조의 덩치와 근육을 보고 신기해했고 선병조도
이런 상황이 익숙한지 박희재의 말을 잘 받아쳤다.

선병조를 실컷 구경한 박희재가 조심스럽게 입을 열었다.

"선 소령, 사실 장간조립교 구축 연습은 핑계야."

그 말에 선병조는 대한을 쳐다봤고 대한은 조심스럽게 고개
를 끄덕였다.

다시 시선을 옮긴 선병조가 물었다.

"그럼 뭐 때문에 부르신 겁니까?"

"자네 제자 중에 윤지호라고 기억하나?"

"아, 예. 기억합니다. 지금 대대장님 밑에 있지 않습니까?"

"그래. 내 밑에 있지. 근데 말이야……."

박희재는 한숨을 시작으로 그동안 있었던 일들에 대해 모두 이야기해 주었다.

그리고 이야기가 진행되면 진행될수록 선병조의 표정이 시시각각 바뀌었고 이야기가 모두 끝났을 때쯤 선병조는 잠시 침묵하더니 이내 정우진에게 질문했다.

"2중대장."

"예."

"소대장 관리가 안 돼?"

대한은 선병조의 목소리가 변한 것을 느끼고는 바로 자세를 고쳐 잡았다.

미묘한 차이였지만 소위들을 혼낼 때 내던 목소리였기 때문이다.

그리고 선병조는 실제로도 화가 났다.

중대장씩이나 되서 아랫놈 하나 통제 못 하는 게 마음에 들지 않은 것이다.

"죄송합니다."

정우진도 할 말은 없었다.

부하 관리를 못 한 건 확실히 자신의 잘못이었으니까.

물론 억울할 수도 있다.

대부분의 사고는 윤지호가 독단적으로 낸 것이니.

하지만 여기는 군대.

억울한 것도 문제 삼으려면 충분히 삼을 수 있는 곳.

이어서 선병조의 시선이 대한에게로 옮겨졌다.

"야, 김대한."

"중위 김대한."

"넌 이런 일이 있었으면 일찍일찍 이야기를 하지 중대장도 해결 못하고 있고 대대장님도 곤란해하시는데 이걸 이제야 나한테 말해?"

"죄송합니다."

"군 생활 잘하고 있다고 생각했더니 전혀 아니었네."

대한도 말을 아꼈다.

억울해도 어쩌겠는가.

여긴 군대인 것을.

이어서 선병조는 다시 박희재에게로 시선을 옮긴 뒤 한숨을 한번 내쉰 후 말을 잇기 시작했다.

"죄송합니다, 대대장님. 이게 다 제 불찰입니다. 공병학교에서 제가 제대로 교육을 시켰어야 했는데 아무래도 교육이 모자랐나 봅니다."

"아니네, 어디 교육이란 게 그리 쉽나."

"아닙니다. 안 되도 되게 하는 곳이 군대인데 제 불찰입니다. 그런 의미에서 윤지호는 제가 책임지고 따끔하게 교육시키겠습니다."

그 말에 대한과 정우진, 그리고 박희재는 속으로 주먹을 꽉 쥐었다.

하지만 조금도 티 내지 않고 점잖게 주의를 주었다.

"그…… 내 선입견일 수도 있기는 한데 그래도 폭력은 안 되네."

"그럴 일은 없습니다."

"그럼 자네만 믿겠네. 대한아, 가서 지호 좀 데리고 와라."

"예, 알겠습니다!"

그 말에 대한이 잽싸게 윤지호를 데리고 왔고 윤지호는 경례를 하려다 말고 뜬금없이 앉아 있는 선병조를 보고 소스라치게 놀랐다.

"교, 교관님?"

그 말에 선병조가 천천히 고개를 돌려 윤지호를 쳐다보자 심상찮은 분위기를 감지한 윤지호가 다급하게 경례했다.

"추, 충성!"

그 모습에 선병조의 인상이 아까보다 훨씬 더 구겨졌다.

"이 새끼가 미쳤네? 야 이 위아래도 없는 새끼야, 네 눈깔은 장식이냐? 넌 뭐가 높은 계급인지도 몰라?"

"죄, 죄송합니다!"

"내가 우리 출신 욕 먹이지 말라고 했냐 안 했냐? 너 같이 기본도 안 된 새끼들 때문에 욕은 욕대로 다 처먹잖아."

하는 말이나 목소리, 인상만 보면 고함을 질러도 이상하지 않을 상황이었으나 선병조는 절대로 목소리를 높이지 않았다.

박희재가 곁에 있었기 때문이다.

하지만 목소리를 높이지 않아도 윤지호는 충분히 혼비백산하기 시작했다.

윤지호의 눈동자와 턱이 사시나무처럼 떨리기 시작하자 선병조가 박희재와 정우진에게 양해를 구했다.

"대대장님 앞에서 이러면 안 되는데 죄송합니다."

"아니네, 난 괜찮네."

"감사합니다. 2중대장, 잠시 중대장실 좀 빌려도 되겠나."

"아, 예. 편하게 쓰십쇼."

"김대한."

"예, 교관님."

"소위들 교육 끝나면 대대로 데리고 와."

"예, 알겠습니다."

"대대장님, 그럼 먼저 일어나 보겠습니다."

"그래, 수고하게."

"충성."

선병조는 경례를 올린 뒤 윤지호를 데리고 먼저 대대장실을 나섰다.

두 사람이 떠나자 대대장실에는 그제서야 평화가 찾아왔다.

박희재가 소파에 몸을 기대며 말했다.

"근육도 살벌한데 인상이랑 목소리는 더 살벌하구만."

"초군반 담임 때는 저 정도는 아니었습니다."

"그래? 그나저나 요즘도 저런 군인이 있나⋯⋯ 오랜만에 추억 돋는구만."

생각했던 것과는 달리 박희재는 여러모로 선병조를 마음에 들어 하는 듯했다.

당연했다.

저런 사람이 아랫사람으로 있으면 간부들 기강은 확실히 잡힐 테니 얼마나 편하겠는가?

대한이 말했다.

"그럼 이제 남은 건 기다리는 일뿐인 것 같은데 저 먼저 단에 올라가 봐도 되겠습니까?"

"어, 그래. 가서 볼일 봐라."

"예, 먼저 일어나 보겠습니다. 충성."

대한은 적당히 휴식을 취한 후 적당한 타이밍에 간담회가 진행 중인 다목적실로 이동했다.

그러자 대한이 들어온 걸 본 이원영이 슬슬 클로징 멘트를 하며 대한에게로 화제를 돌렸다.

"혹시 선배한테 궁금한 거 있나?"

그 말에 대한이 얼른 고개를 저었지만 이원영은 씩 웃어 보일 뿐이었다.

이윽고 소위들의 시선이 대한에게로 쏟아졌고 대한은 사력을 다해 질문하지 말라는 눈빛을 보냈으나 애석하게도 소위들 중 하나가 손을 들고 이원영에게 말했다.

"저 질문 있습니다."

"선배한테 직접 해 봐라."

"예, 알겠습니다."

소위 하나가 대한을 보며 물었다.

"부사관들이랑은 어떻게 하면 잘 지낼 수 있는지 궁금합니다."

근데 질문이 좀 이상했다.

대한이 고개를 기울이며 물었다.

"그 질문은 부대 와서 잘 못 지낼 것 같아서 물어보는 겁니까?"

"예, 그렇습니다."

"……왜지?"

"저희를 무시할 수도 있지 않습니까?"

그렇군.

걱정이 많았나 보네.

생각해 보면 이건 대한도 했었던 걱정이었다.

낯선 곳에 대한 두려움은 늘 생기는 법이니까.

하지만 자대에 가는 순간 그런 걱정은 사라지기 마련이다.

특이한 부사관들도 있긴 하지만 대부분은 상호 존중을 해 준다.

그렇기에 대답이 조금 망설여졌다.

'겪어 보면 별거 아니라고 할 순 없잖아.'

이원영이 없었다면 대충 대답하고 치웠을 것이다.

하지만 이원영이 실실 웃으며 보고 있는데 대충 대답할 순 없었다.

대한은 잠시 고민하다가 이내 입을 열었다.

"무시할 만한 거리를 안 주면 됩니다. 작업이나 훈련할 때 뭘 모른다고 무시당할까 봐 그런 걱정하는 거 아닙니까?"

"맞습니다."

"작업이나 훈련을 못하면 부사관이 문제가 아니라 병사들도 여러분들을 무시할 겁니다. 병사 입장에서 한번 생각을 해 보십쇼. 소대장이라고 새로 왔는데 본인 밑에 있는 일병보다 일을 못 하면 누가 인정을 해 줍니까?"

그 말에 다들 고개를 끄덕였고 이원영도 조용히 입꼬리를 올렸다.

하지만 딱 한 명.

질문을 건넨 소위는 별로 납득을 못 한 듯 했다.

"경험을 쌓을 곳이 없으니까 못할 수도 있지 않습니까?"

그 말에 대한이 눈을 좁혔다.

으음.

센스 없는 자식 같으니라고.

답변 대충 들었으면 고개 끄덕이고 대충 넘길 것이지 왜 이리 집요한 거야?

저런 경우 둘 중 하나다.

정말로 궁금해서 물어보는 것이거나, 아니면 단장에게 잘 보이기 위해서 하는 짓이거나.

후자의 경우엔 이쪽으로 올 확률이 높아 저러는 것일 터.

대한은 녀석의 얼굴을 기억해 두고는 한숨을 삼킨 뒤 말을 잇기 시작했다.

"부대마다 다르긴 하겠지만 보통은 처음부터 못 한다고 하는 사람은 잘 없습니다. 중요한 건 배우고 나서도 같은 실수를 반복했을 때입니다. 처음이라고 이해해 주는 건 한두 번밖에 없을 테니 말입니다."

대한은 차분하게 말을 이었다.

"물론 한두 번으로는 부족하다고 생각할 수도 있습니다. 그런 의미에서 조언 하나 해 드리자면 그 유예기간을 잘 만드는 것도 여러분의 몫입니다. 열심히 한다면 분명 충분히 적응할 때까지 응원하며 기다려 줄 겁니다."

대한의 말이 끝나자 소위들이 뭔가 생각에 빠진 듯했다.

자식들.

걱정 많이 해라.

그래야 좋은 군인이 되지.

대한의 조언에 이원영은 조용히 엄지를 들어 주었고 뒤이어 소위들을 한번 살펴본 후 대한에게 말했다.

"대한아."

"예, 단장님."

"애들 잠시 쉬었다가 대대로 내려가라. 바로 장간 교장으로 갈 거냐?"

"계획은 그런데 교관이 지금 이야기 중이라 자세한 건 직접 내려가 봐야 알 것 같습니다. 출발할 때 보고드리겠습니다."

"음, 알겠다. 고생해라."

"예, 고생하셨습니다. 충성!"

"그래."

이원영이 대한의 어깨를 두드려 주고 다목적실에서 벗어났고 대한은 소위들을 보며 말했다.

"흡연자 거수."

그 말에 소위들 중 몇몇이 손을 들었다.

단장이 사라졌으니 분위기가 한결 가벼워진 덕이었다.

그런데 손든 놈들 중에 좀 전에 질문한 놈도 있었다.

안 그래도 궁금했는데 잘됐다 싶었다.

대한이 고개를 끄덕이며 소위들을 데리고 흡연장으로 향했다.

Chapter 3

흡연장에 도착한 대한이 녀석의 명찰을 한번 살핀 뒤 물었다.

"이름이 송주안?"

"소위 송주안."

"너 우리 부대로 오지?"

"……예, 그렇습니다."

역시. 예상이 딱 들어맞았다.

그 순간, 대한이 무어라 말하기도 전에 송주안이 먼저 고개를 숙였다.

"조금 전엔 죄송합니다. 원래라면 질문을 하지 말았어야 했는데 걱정이 앞서다 보니 쓸데없는 질문을 했었던 것 같습니다."

그 말에 대한이 조금 놀랐다.

'이놈 봐라?'

전혀 생각지도 못한 대답.

아니, 애초에 사과를 받을 줄은 몰랐다.

그래서일까?

갑자기 송주안이 괜찮게 보이기 시작했다.

"내가 뭐라고 한 것도 아닌데 왜 사과를 하고 그러냐?"

"하지만 뭔가 눈빛이 질문을 하면 안 될 것 같았습니다."

자식, 눈치 엄청 빠르네.

근데 이런 놈이 우리 부대로 왔었던가?

워낙에 스쳐 지나간 후배들이 많아 기억이 날 듯 말 듯하다.

그러나 뭐가 됐든 첫인상과는 달리 송주안은 상당히 괜찮아 보이는 놈 같았다.

'일단 눈치 빠른 것부터가 에이스 자질이 있단 얘기지.'

호기심을 해결한 대한은 대충 흡연을 마친 후 소위들을 데리고 대대로 내려가 대대 다목적실에 대기시켰다.

그리고 곧장 2중대장실로 향했다.

시끄러울 거라 예상했던 중대장실은 의외로 조용했다.

'여긴 또 분위기가 왜 이래?'

그도 그럴 게 선병조는 아무 말도 않고 의자에 앉아 윤지호를 빤히 쳐다만 보고 있었으니까.

물론 윤지호는 힘들어 보였다.

윤지호는 열중쉬어 자세로 땀만 흘리고 있었으니까.

대한이 눈치껏 큰 목소리로 경례하며 들어가자 선병조가 고개를 끄덕이며 물었다.

"애들 다 데리고 왔냐?"

"예, 교장으로 언제 출발하실 건지 여쭤보러 왔습니다."

"글쎄다, 저놈이 입을 열어야 내가 움직일 것 같은데……."

뭐야?

설마 아직도 아무 말도 안 한 거야?

대한은 윤지호를 쳐다봤으나 윤지호는 일부러 그러는지 대한과 눈을 마주치지 않고 부동자세를 유지했다.

어이가 없었다.

'쟤는 진짜 어쩌려고 저러냐…….'

이쯤 되면 경악을 넘어 예술의 경지가 아닌가 싶었다.

대한은 선병조와 윤지호 사이에서 잠시 고민한 끝에 선병조에게 말했다.

"교관님, 이러지 마시고 제가 윤 중위랑 이야기 좀 해 보고 말할 준비가 되면 데리고 가겠습니다. 슬슬 교육도 가셔야 하지 않습니까."

그러자 순간 윤지호의 시선이 대한에게로 옮겨졌다.

"눈깔을 돌려? 열중쉬어는 부동자세 아냐?"

"아……."

"아? 대답할 때는 차렷자세로 돌아와서 대답해야 되는 걸 모르나 보지?"

그 말에 윤지호가 재빠르게 차렷자세로 돌아와서 대답했다.

"죄, 죄송합니다."

"말 더듬지 마라. 장교라는 새끼가 똑바로 하는 게 없어."

그러고는 자리에서 일어나 대한에게 다가와 말했다.

"얼마나 기다려 주면 되냐?"

"금일 야간 점호 끝날 때까진 반드시 데리고 가겠습니다."

"좋다. 그때도 윤지호가 저 모양이면 너도 같이 죽을 줄 알아라."

그 말에 대한은 속으로 눈을 감았다.

이건 불똥이 튀는 수준이 아니라 그냥 몸에 불이 옮겨 붙은 수준이었으니까.

하지만 이런 상황까지 감안하고 말을 한 것이니 감내해야만 했다.

"예, 알겠습니다."

"간다."

"충성!"

이윽고 선병조가 중대장실을 나가자 대한은 옅게 한숨을 한 번 내쉬었다. 그런 다음 중대장실에 있는 종이와 펜을 들고 와 윤지호 앞에 내려놓았다.

"적어."

"……뭘?"

"말 못하겠으면 적으라고. 적어서 읽든지 그냥 드리든지 둘 중 하나라도 해. 너 군 생활 안 할 거야?"

대한도 마냥 말로 달랠 생각은 없었다.

여기가 유치원도 아니고 어떻게 하나부터 열까지 모든 걸 다 대신 해 줄 수가 있겠는가?

말을 마친 대한이 중대장실을 벗어나려던 순간이었다.

그때, 윤지호가 잠긴 목소리로 대한에게 말했다.

"……너 왜 자꾸 나 도와주냐?"

그 말에 대한이 윤지호를 잠시 쳐다보았다.

사실 도와줄 생각은 없었다.

정말이었다.

자꾸만 시비를 거는데 누가 도와주고 싶겠나?

하지만 마냥 무시만 하고 있기엔 여러모로 짠한 구석이 느껴지는 놈이었다.

30대 중반에 산전수전 다 겪은 대한과는 달리 현재의 윤지호는 고작해야 스물다섯밖에 안 된 새파란 병아리였으니까.

대한은 잠시 고민한 끝에 짧게 대꾸했다.

"몰라, 그건 알아서 생각하고 네 맘대로 해라. 말을 하든 말든."

"……그럼 너도 죽잖아."

"네가 언제부터 날 신경 썼다고 그런 말을 하냐? 됐고, 알아서 해라. 그리고 설마 죽이기야 하겠어?"

정말 죽이려고 하면 열심히 뛰어야지.

이래봬도 그 정우진을 뜀걸음으로 이긴 몸이었다.

그때, 윤지호가 조용히 입을 열었다.

"……고맙다."

"됐고, 정말 고마우면 두 장 써라. 설마 두 장 쓰랬다고 진짜 두 장짜리 내용을 쓰라는 건 아닌…… 아니다, 됐다. 나 간다."

대한은 더 이상 대화를 잇지 않고 중대장실을 나왔다. 그러고는 다목적실로 향했다.

근데 다목적실에 선병조가 없다.

대한이 주위를 돌아보며 물었다.

"교관님은?"

"아직 안 오셨습니다."

그러고 보니 소위들이 어디 있다고 말해 준 적이 없었다.

그럼 이 양반은 대체 어딜 간 거야?

대한은 또 한 번 한숨을 내쉰 후 선병조를 찾아다니기 시작했다.

※

선병조는 대대장실에 있었다.

박희재가 부른 게 아니었다.

선병조가 먼저 찾아온 것이다.

이건 박희재도 예상하지 못한 바여서 대대장실에 있던 박희재와 정우진도 당황했다.

그때, 선병조가 웃으며 말했다.

"조금 전에 보여 드렸던 과격한 언사는 정말 죄송하게 생각합니다. 욱해서 그런 게 아니라 제가 생각한 방법이 하나 있는데 그걸 써먹기 위해 어쩔 수 없이 일부러 그랬습니다."

그 말에 박희재의 눈이 커졌다.

"무슨 방법?"

"예, 윤지호 문제를 해결하려고 생각해 낸 방법인데…… 아무래도 동기들 문제는 동기들 선에서 해결하는 게 가장 좋지 않겠습니까?"

"동기라면 대한이가 해결하게 한다고?"

"예, 방금 대한이가 야간 점호 끝날 때까지 윤지호가 말하게 만들어서 저한테 온다고 했습니다."

그 말에 박희재가 고개를 기울였다.

"근데 이건 동기들 문제라기보단 윤지호 개인의 문제가 아닌가?"

"그렇게 보실 수도 있겠지만 동기사랑 나라사랑이라고 동기가 엇나가면 잘 챙겨 줘야 하는 게 다른 동기들의 역할 아니겠습니까. 게다가 군 생활을 못 하는 놈이면 그러려니 하겠는데 대한이 같이 군 생활도 잘하는 놈이 마냥 손 놓고 있었다는 게 별로 마음에 들지 않았습니다. 그래서 일부러 대한이를 끌어들였습니다."

쉽게 말해 대한이를 위해서 그리 했다는 말이니까.

선병조의 의도를 파악한 박희재가 입꼬리를 올리며 말했다.

"그것도 그렇긴 하네. 동기사랑이 나라사랑인 걸 내가 까먹고 있었어."

"예, 그러니 어찌 보면 이번 일은 윤지호에 대한 교육이기도 하지만 대한이에 대한 교육일 수도 있다고 생각합니다. 원래 잘하는 놈들이 사소한 걸 하나씩 놓치지 않습니까. 게다가 동기와 사이좋게 지내야 군 생활 편안하게 갈 수 있습니다. 아시지 않습니까."

박희재는 연신 고개를 끄덕였다.

"그렇지. 결국에 남는 건 동기뿐이니까."

당장 이원영만 봐도 그렇다.

심하게 티격태격해서 그렇지 서로 챙길 때는 확실하게 챙겨주었다.

그리고 막상 연락하며 지내는 건 서로가 다였다.

박희재도 이원영이 없었다면 이미 전역 지원서를 내고도 남았을 터.

박희재가 웃으며 말했다.

"그나저나 보기보다 두뇌파였구만? 덩치만 보고 육체파인 줄로만 알았더니."

"흔히들 하는 오해십니다."

"허허, 이런 여우같은 곰을 봤나."

그때, 대한이 대대장실의 문을 두드렸고 선병조를 보자마자 그제서야 속으로 한숨을 삼켰다.

"교관님, 어디 가셨는지 한참 찾았습니다."

"네가 소위들 어디 데려다 놨는지 안 알려 줬잖아. 그럼 당연히 대대장님 뵈러 와야지. 설마 내가 대대장님 보러 안 왔을 거라고 생각한 거야?"

누가 교관 아니랄까봐 말은…….

대한이 조용히 한숨을 내쉬고는 선병조에게 말했다.

"다목적실에 소위들 대기 중인데 장간조립교 교장으로 바로 이동시키면 되겠습니까?"

"그래, 선배가 어떻게 통제하는지 한번 보자."

"예, 알겠습니다."

대한은 서둘러 대대장실에서 빠져나와 다목적실에 있는 소위들을 집합시켰다.

그리고 동원 막사로 향해 장구류를 챙겨 준 뒤 곧장 장간조립교 교장으로 이동했다.

훈련은 아주 쉬웠다.

1개 중대가 투입해서 하던 훈련을 1중대와 2중대, 거기다 소위들까지 대거 투입해서 진행했으니까.

특히 1중대원들은 아주 신이 난 상태였다.

내무사열에서 벗어나 이런 꿀 같은 훈련이라니.

덕분에 소위들도 제대로 배우는 중이었다.

소위들도 공부를 열심히 하고 왔지만 이론만 봐서는 알 수 없는 것들이 많았으니까.

선병조가 그 모습을 지켜보고는 옆에 있는 박희재에게 말했다.

"확실히 교육 기관에서 몇 번 교육 받는 것 보다 야전에서 한 번 제대로 교육하는 게 훨씬 더 도움이 되는 것 같습니다."

"하하, 교관이 그렇게 말하면 쓰나. 교육기관에서 하는 교육만으로도 야전에 잘 적응하게 해야지."

"현실적으로 어려운 거 잘 아시지 않습니까."

"큭큭, 알지. 그래도 요즘은 옛날보다 교육의 질이 좋아지지 않았나? 대한이 보니까 장간을 아주 기가 막히게 하던데?"

"아, 간편조립교 말씀하시는 겁니까?"

"아니? 장간조립교 말하는 건데?"

그 말에 선병조가 고개를 기울였다.

그도 그럴 게 공병학교에선 장간조립교를 만든 적이 없었으니까.

경험이라곤 그냥 자재만 봤을 뿐.

그런데 잘했다고?

믿을 수 없는 소리였지만 대대장이 설마 거짓말을 할까.

"교육과정에는 없었는데…… 애가 따로 공부를 열심히 했나 봅니다."

"아, 그래? 난 자네가 잘 가르친 거라고 생각했는데…… 애가 똑똑한가 보네."

그래서일까?

박희재는 대한이 더 이뻐 보이기 시작했다.

그러나 선병조의 생각은 좀 달랐다.

'안 해보고 가도 잘했다 이거지?'

대한이라는 좋은 표본이 생겼으니 앞으로 소위들을 더 빡세게 굴려도 되겠다는 생각이 들었다.

예컨대 잠을 덜 재우고 부족한 실기를 연등을 통해 채우게 한다든지…….

물론 소위들은 본인의 담임 교관이 이런 생각을 하고 있다는 걸 꿈에도 모르고 있었다.

※

그날 야간 점호.

선병조는 소위들의 건강 상태만 간단하게 점검한 뒤 점호를 끝냈다.

그리고 동원막사에서 나와 컨테이너로 향했다.

컨테이너에서는 대한과 윤지호가 대기 중이었고 대한이 선병조를 보자마자 우렁차게 경례했다.

"충! 성!"

"일단 오긴 했고…… 너는 말할 준비됐고?"

그 말에 윤지호가 얼른 대답했다.

"예! 그렇습니다!"

"그래, 이 정도 목소리는 나와야지."

대한은 선병조의 목소리가 좀 누그러진 것 같자 얼른 윤지호에게 눈짓했다.

그러자 윤지호가 서둘러 주머니에서 종이를 꺼내 선병조에게 내밀었다.

"뭐냐?"

"반성문입니다."

"뭐?"

그 말에 선병조의 미간이 잔뜩 일그러지더니 윤지호가 준 종이로 윤지호를 가리키며 말했다.

"넌 장교씩이나 되서 이딴 식으로 상급자한테 대화 시도를 하냐? 그동안 생각 좀 했나 싶었더니 머리가 없는 거야 뭐야?"

쏟아지는 질책.

그러나 윤지호는 아까와는 달리 입을 열었다.

"……아까처럼 긴장해서 또 말씀 못 드릴까 봐 걱정되어서 써 온 것이긴 한데 이젠 말씀도 드릴 수 있습니다."

"이 새끼가 끝까지 말은……! 넌 생각하는 것 자체가 글러먹었어. 넌 누구한테 잘못했다고 생각하는 거냐? 나는 무섭고 대대장님은 안 무서워? 이거 반성문이라며?"

"대대장님께도 죄송하게 생각하고 있습니다."

"그걸 아는 새끼면 나한테 올 게 아니라 대대장님께 먼저 갔어야하는 거 아냐? 거기까진 생각이 안 들든?"

그때, 윤지호의 입에서 생각지도 못한 대답이 흘러나왔다.

"……대대장님께는 이미 다녀왔습니다."

"뭐?"

"이것과 같은 반성문을 써서 가져다드리고 죄송하다고 말씀드리고 오는 길입니다."

그 말에 선병조의 눈이 숨길 수 없이 커졌다.

'어쭈, 이놈 봐라?'

선병조가 속으로 미소를 지었다.

사실 본인이 반성문을 받을 이유가 뭐가 있겠나.

잘못을 해도 여기 부대 사람들한테 잘못한 건데.

그렇기에 순서를 따졌을 때 자신한테 사과하는 건 마지막이되어야 했다.

그런데 윤지호 놈이 그걸 알고 제대로 행했으니 얼마나 놀랍겠는가.

눈치 보던 윤지호의 말이 이어졌다.

"……사실 전 거기까지 생각하지도 못했습니다. 대한이가반성문을 두 장 쓰라고 했을 때도 전부 교관님 것인 줄로만 알았지 대대장님께 가져다 드려야 한다는 생각은 떠올리지도 못했습니다. 하지만 얼마 지나지 않아 왜 두 장인지 깨닫게 되었고 그 일을 계기로 제가 얼마나 주변에 피해를 끼치고 있는지도 깨닫게 되었습니다. 그러니 만약 혼을 내셔야 한다면 대한 이는 도와준 잘못밖에 없으니 저만 혼내 주셨으면 합니다."

그 말에 대한도 조금 놀란 표정을 지었다.

왜냐하면 이왕이면 두 장 쓰라고 한 이유가 저런 이유가 맞 긴 했지만 그 이유에 대해선 설명해 주지 않았기 때문이다.

'그래도 아주 바보는 아니었나 보네.'

물론 왜 저 말이 윤지호를 변하게 했는지는 모른다.

하지만 모로 가도 서울만 가면 된다고 어쨌든 윤지호가 변한 게 중요했다.

윤지호의 말에 선병조가 대한을 쳐다보자 대한이 어색하게 웃으며 고개를 끄덕였고 선병조도 만족스러움에 속으로 미소를 지었다.

'역시 대한이 놈은 군 생활을 잘하고 있군.'

자기가 잘못한 것도 아닌데 두 장 쓰라고 조언까지 해 줬다 니. 역시 상급자가 뭘 원하는지 아는 놈이다.

그렇기에 참 이뻐 보일 수밖에 없었고 대한이를 봐서라도 더 혼낼 수가 없었다. 물론 더 혼낼 생각이 없는 가장 큰 이유는 윤 지호가 스스로 잘못을 뉘우쳤다는 점.

목표로 하던 것을 달성했으니 선병조도 슬슬 마무리 짓기로 했다.

무조건 꼬투리 잡고 오래 혼낸다고 좋은 것도 아니었으니까.

선병조가 한쪽 입꼬리를 올리며 말했다.

"자식들이…… 진작에 이러든가, 할 수 있으면서 대체 왜 그런 짓거리들을 한 거야?"

"……죄송합니다."

"그런 의미에서 여기서 차 있는 놈 있냐?"

"중위 김대한."

"벌써 차가 있어? 대단한데? 대대장님은 아시냐?"

"예, 보고드리고 구매했습니다."

"확실히 이쁨받는구만. 좋다, 그럼 네가 나가서 맥주랑 안주 좀 사 와라. 오늘 같은 날은 내 특별히 근손실을 감안해서라도 너희와 한잔해야겠으니까."

그 말에 대한과 윤지호의 표정이 확 풀렸다.

드디어 모든 게 끝났다는 생각이 들었기 때문이다.

그래서 대한이 얼른 대답했다.

"예, 알겠습니다!"

"맥주 이상한 거 사 오지 말고 국산으로 사 와라. 그동안 윤지호 넌 나랑 이야기 좀 하자."

그 순간 대한과 윤지호의 얼굴에 희비가 엇갈렸으나 윤지호는 겸허히 받아들이기로 했다.

그래도 이쯤에서 마무리된 게 참 다행이라고 생각했으니까.

대한은 선병조의 카드를 받아 잽싸게 방을 나섰고 한참 뒤, 대한이 사 온 술로 세 사람은 간만에 회포를 풀 수 있었다.

그렇게 자정이 되었을 무렵, 선병조가 시계를 보며 말했다.

"이만하면 많이 놀았다. 이제 가서 얼른 자라."

"예! 알겠습니다!"

대한과 윤지호는 기다렸다는 듯이 컨테이너를 빠져나왔다.

그리고 간부숙소로 향하는 길.

두 사람은 조용히 걸었다.

얼마 동안 이어지던 침묵 끝에 윤지호가 말했다.

"그…… 대한아."

"왜."

"……고맙다, 여러모로."

그 말에 대한은 그제서야 피식 웃었다.

자식.

드디어 사람 흉내를 내기 시작하는구만.

윤지호의 사과에 대한도 쿨하게 받아 주었다.

"알면 앞으로 잘해라."

"그래, 내가 잘할게. 여지껏 미안했다."

"알면 됐어. 근데 너, 내가 개인적으로 궁금한 게 하나 있는
데 2중대장님이나 대대장님은 하나도 안 무서워하면서 교관님
은 왜 그렇게 무서워하냐?"

이게 제일 궁금했다.

사실 선병조를 데려오는 것도 도박이었으니까.

그 물음에 윤지호가 어색하게 웃으며 대답했다.

"내가 말 안 해 줬었나? 내 첫 훈육장교님이 교관님이셨어."

"삼사 때 말하는 거지?"

"어, 그땐 대위셨는데 지금보다 더 무서우셨어. 지금이야 진급해서 그나마 좀 유해지신 거지."

원래 진급 시기엔 다들 예민하니까 이해는 됐다.

근데 지금보다 더 무서웠다니, 새삼 윤지호의 삼사 생활이 어땠을지 가늠이 안 됐다.

윤지호가 말을 이었다.

"그리고 계급을 떠나 교관님은 날 임관할 수 있게 만들어 주신 은사 같은 분이시라 유독 더 무서운 것도 있어."

"그건 또 무슨 말이야?"

"내가 원래 삼사 때 퇴교하려고 했었거든. 근데 교관님이 잘 잡아 주셨어."

퇴교?

그 누구보다 진급 욕심이 넘치던 놈이?

대한이 의외라는 표정을 짓자 윤지호가 그때를 회상하며 말했다.

"그땐 진짜 힘들었거든. 군인이 되고 싶어서 삼사까지 왔는데 생활이 얼마나 힘들던지…… 과장 조금 보태서 매일 울었다."

그 말에 대한도 자신의 후보생 시절을 떠올렸다.

그때는 자신도 참 힘들었다.

'자유롭게 살다가 갑자기 통제받고 생활환경도 바뀌니 어찌나 힘들던지.'

물론 돌이켜 보면 참 별것 없다.

근데 왜 그렇게 힘들었는지.

대한이 고개를 끄덕이며 공감해 주었다.

"원래 임관 전이 제일 힘들긴 하지."

"그렇지, 아무튼 그래서 퇴교 지원서 내러 갔는데 교관님이 그 자리에서 바로 찢어 버리시더라. 그리고 완전군장시키고 밤새도록 연병장을 돌게 했는데 그때 진짜 죽는 줄 알았다."

"독려해 주신 게 아니라 연병장을 돌게 했다고?"

"응. 그런 다음에 샤워시키고 밥 사 주셨는데 그게 그렇게 기억에 남더라."

"밥 먹이면서 설득하신 거야?"

"아니, 아무 말씀도 안 하셨어. 그냥 밥만 먹고 끝이었어. 근데 이상하게 그게 그렇게 위로가 되더라. 그리고 그날부터 이상하게 삼사 생활이 버텨지는데 나도 참 신기했다."

그 말에 대한은 조용히 감탄했다.

선병조가 어떤 의도로 그런 방법을 써먹었는지 알 것 같았기 때문이다.

'다른 것들이 쉽게 느껴지도록 일부러 빡세게 한번 굴리신 거구만.'

예컨대 유격 훈련 같은 것이었다.

유격 훈련도 시작하기 전이 두렵지 끝나면 생각보다 별거 아니다. 그리고 유격 훈련이 끝나고 난 뒤의 훈련들은 상대적으로 쉽게 느껴진다.

그도 그럴 게 훈련들 중 유격만큼 어렵고 힘든 건 없었으니까.

그렇기에 대한은 새삼 선병조가 참 대단하다고 느껴졌다.

'방식은 좀 구닥다리긴 한데 그만큼 효과는 확실하니까.'

이게 클래식이란 걸까.

윤지호가 말했다.

"아무튼 다시 한번 더 고맙고 미안하다. 앞으로는 내가 더 잘할게."

"진짜 고마우면 원래 해야 될 일이나 다시 하던지."

"원래 해야 될 일?"

"됐다, 그냥 해 본 소리다. 나 간다."

이윽고 숙소 앞에 도착한 대한이 손을 흔들며 먼저 떠났다.

그리고 윤지호는 그런 대한의 뒷모습을 보며 나지막이 중얼였다.

"원래 하려던 일이라……."

이윽고 윤지호도 숙소로 들어간다.

✳

다음 날 아침.

정우진이 간부 연구실로 대한을 찾아왔다.

"대한아?"

"어, 충성. 중대장님이 여기 어쩐 일로 오셨습니까? 그냥 전화하시지 그러셨습니까."

"됐고, 너 어제 윤지호랑 뭐 했냐?"

정우진의 표정이 심상찮다.

뭐지?

어제 잘 풀고 잘 들어갔는데?

대한이 침착하게 대답했다.

"야간에 교관님한테 한 소리 듣고 잘 푼 뒤에 24시쯤 숙소로 복귀했습니다. 왜 그러십니까? 혹시 윤지호가 또 뭐 사고 쳤습니까?"

"아니, 그런 건 아니고 윤지호 그놈이 갑자기 자길 교육장교로 보내 달라더라."

"……예?"

이건 또 무슨 소리야?

갑자기 왜?

"……갑자기 말입니까?"

"그래, 오늘 아침에 말할 게 있다고 찾아오더니 교육장교로 보내 주면 안 되냐고 물어보더라."

"혹시 이유가 있습니까?"

"자기 군 생활 꿈이 교관을 하는 거라던데…… 하, 애가 좀 괜찮아졌다 싶어서 어지간하면 그냥 하고 싶은 대로 해 주겠는데 아무리 그래도 갑자기 단에 가는 건 좀 곤란하지 않냐."

곤란했다.

특히 대한이가.

그도 그럴 게 교육장교 자리는 단에 있었고 윤지호가 단으로 올라가 버린다면 대한은 정말 1년 내내 겸직을 할 수도 있었으니까.

'길어야 6개월, 짧으면 1, 2달 생각하고 있었는데 1년이라니……'

근데 이놈이 갑자기 왜 이러는 거지?

설마 어제 내가 한 말 때문에?

근데 그건 교육장교가 아니라 대대에서 해야 되는 자리들을 말한 건데…….

'미치겠네.'

대한은 눈을 잠시 감은 후 천천히 눈꺼풀을 들어 올리며 정우진에게 물었다.

"혹시 대대장님께 보고드리셨습니까?"

"아니, 이제 가야지. 가기 전에 어제 무슨 일 있었나 싶어서 물어보러 내려왔다."

그 말에 대한은 박희재의 반응을 상상해 보았다.

안 봐도 뻔했다.

'보내 준다고 하겠지.'

현실 도피가 아니라 군 생활 꿈이었다는데 그 양반 성격에 당연히 보내 줄 것이다. 물론 교육 쪽으로 진급하는 것도 나쁘지 않은 방법이긴 했다.

박희재의 입장에선 어쨌든 부하들이 잘 되는 게 최우선이었으니까.

근데 교관이랑 교육장교가 상관이 있었던가?

대한이 물었다.

"근데 단에 있는 교육장교는 교관이랑 큰 상관이 없지 않습니까?"

"내가 그걸 모르겠냐, 당연히 말해 줬지."

"그래도 상관없답니까?"

"어, 그래도 같은 교육계니까 웬만하면 가고 싶다고 어찌나 부탁을 하던지, 그놈이 내 밑에 있으면서 그렇게까지 싹싹하게 말하는 건 처음이었다."

그런 태도 때문에 정우진도 마냥 거절할 수 없었던 모양.

웃는 얼굴에 침 못 뱉는 게 사람 마음이었으니까.

근데 그건 그거고 이건 이거고.

대한은 본부중대장과 인사과장을 겸직해야한다고 생각하니 벌써부터 머리가 아팠다.

'그냥 소위를 정보장교 시키자고 할까.'

사실 그게 맞았다.

하지만 그렇게 되면 초반 3개월은 자폭하는 것과 마찬가지였다.

'그렇게 되면 내가 정보장교 일까지 다 해야겠지.'

이제 막 전입 온 소위한테 빠릿빠릿한 일처리를 기대할 순 없었으니까.

대한은 잠시 고민하던 끝에 그냥 익숙한 본부중대장직을 겸직하는 게 차라리 낫다고 생각했다.

'알아서 잘 굴러가도록 교육을 잘 시켜야겠어.'

조금만 고생하자고 생각했다.

초반에만 잘 가르쳐 놓으면 알아서 잘 굴러갈 수 있게.

대한은 생각 정리를 마친 후 고개를 끄덕였다.

"어쩔 수 없는 것 같습니다. 단장님 허락이 떨어질진 모르겠지만 하기 싫은 거 시켜서 옛날 성격 나오는 것보단 차라리 이게 나을 것 같기도 합니다."

"……설마 단에 가선 사고 안 치겠지?"

"설마 원하는 자리에 갔는데도 그러겠습니까."

"……그래 한번 믿어 보자."

그때 대한에게 좋은 생각이 떠올랐다.

"중대장님, 근데 이렇게 되면 단 인원이 한 명 내려와야 하지 않습니까?"

생각해 보니 그랬다.

단에는 동기가 두 놈이나 더 있었으니까.

그 말에 정우진도 잠시 생각하더니 고개를 끄덕였다.

"오. 일리가 있다. 그것도 한번 물어볼게."

남은 건 기도뿐.

정우진이 비장한 표정으로 대대장실로 향한다.

그리고 얼마 뒤, 정우진에게 전화가 왔고 대한이 떨리는 표정으로 전화를 받았다.

"충성."

―어, 흡연장으로 와라.

흡연장에 가니 정우진과 여진수가 함께 흡연하고 있었다.

그리고 대한을 본 여진수가 활짝 웃으며 말했다.

"아이고 이게 누구야? 미래의 본부중대장 겸 인사과장님 아니신가?"

그 말에 대한의 표정이 구겨졌다.

그래, 윤지호가 단에 간 건 그렇다 치자.

그럼 내가 물어봤던 그건?

그때 정우진이 짐짓 미안한 표정을 지으며 말했다.

"안 그래도 단장님이 2명한테 물어봤는데 그냥 소대장 해도 상관없다고 했다네."

"아……."

대한의 마지막 한 수는 보기 좋게 빗나갔다.

생각해 보면 저 말도 맞긴 했다.

단에 있는 중위 두 놈 중 한 놈은 장기 걱정 없는 육사에 한 놈은 전역만 기다리고 있는 놈이었으니까.

'그런 놈들이 굳이 내려올 이유는 없긴 하지…….'

결국 이렇게 되는 건가.

침울했지만 대한이 빠르게 포기하며 대답했다.

"후, 알겠습니다. 열심히 하겠습니다."

"역시 대한이다. 시원해 아주."

"과장님이 도와주시는데 제가 무슨 걱정이 있겠습니까?"

"하하, 그것도 그렇지. 근데 그거 알지? 나 얼마 안 남았다?"

아. 그랬지.

이 양반도 얼마 안 남았지.

더 이상 물러날데 없는 외통수에 대한이 한숨을 푹 내쉬며 말했다.

"가실 곳은 정해 두셨습니까?"

"아직이야. 슬슬 정해야지?"

"그럼 천천히 정하시고 좋은 자리 빌 때까지 조금만 더 계시면 안 됩니까?"

"야야, 내가 빨리 돌아다녀야 진급을 해서 널 부르지."

"빨리 안 불러 주셔도 됩니다. 한 1년 정도 늦춰지는 건 상관없는데……."

"에헤이, 부정 탈라. 기각!"

킬킬 웃는 여진수.

그때 잠자코 있던 정우진이 갑자기 손가락으로 무언가를 세기 시작하더니 고개를 끄덕이며 말했다.

"흠, 과장님이 1차 진급하시면 저도 얼추 시기가 맞을 것 같습니다."

"뭘 시기?"

"제 정작과장 시기 말입니다."

그 말에 대한과 여진수가 정우진을 빤히 쳐다봤고 이어서 대한이 물었다.

"중대장님도 과장님 따라 가시려고 생각 중이셨습니까?"

"정작과장은 편한 곳에서 하면 좋지."

정우진의 말에 여진수가 어이없다는 표정으로 말했다.

"잠깐, 너희 둘 다 내 밑이 아주 꿀일 거라고 생각하는 거 같은데…… 내가 지금 참모라서 이렇지 지휘관이면 다를 거야?"

예예, 그러시겠죠.

참 설득력 있습니다, 그려.

대한과 정우진은 여진수의 말을 가볍게 무시한 채 대화를 시작했다.

"근데 중대장님은 육본에서 보직 관리해 주시지 않습니까? 중대장님이 직접 자리 찾으실 필요는 없는 것 아닙니까?"

"육본에서 좋은 자리 만들어 주시긴 하지. 그런데 정작과장 잘해 봤자 무슨 의미가 있겠냐? 어차피 거쳐 가는 곳인데 이왕이면 마음 편한 곳에 가는 게 좋지."

"진급에 지장 있는 거 아닙니까?"

"에이, 그런 걸로 무슨…… 정 안 되겠다 싶으면 1차 진급 포기하지 뭐. 장군 단 선배들 보면 굳이 1차 진급 아니어도 장군

다신 선배들 많아."

대한은 정우진의 말을 듣고 새삼 육사 출신의 자신감이 부러웠다.

'역시 육사네, 중령까지는 그냥 숨만 쉬어도 단다고 생각하고 있구만.'

그때 여진수가 조금 어이없다는 듯한 표정으로 말했다.

"하여튼 육사 놈들…… 아주 임관할 때부터 자리 맡아 놨지?"

"하하, 그래도 과장님 자리 뺏을 일은 없을 것 같습니다."

"당연하지 인마. 우리 집 애들 생각해서라도 그러지 마라. 나 애들 대학 보내야 한다."

"하하, 물론입니다."

우스갯소리일 수도 있으나 모쪼록 여진수가 대대장으로 갈 대대의 정작과장과 대대장이 확보되는 순간이었다.

✷

장간조립교 교장.

중대장실에서 반성을 마친 윤지호가 미친 듯이 시범을 보이고 있었다.

상대적으로 1중대보다 장간 훈련을 덜 했던 2중대였기에 실력은 그다지 뛰어난 편은 아니었다.

하지만 소위들이 보기에는 저 정도도 대단해 보였다.

'일단 혼자 장간을 구축할 줄 안다는 게 어디야.'

그 증거로 선병조도 대한에게 윤지호를 칭찬했다.

"2중대는 지뢰매설을 주로 한다고 하지 않았나?"

"예, 그렇습니다. 2중대는 전술훈련 때 몇 번 해 본 게 전부일 겁니다."

"근데도 제법 잘하네? 교범 숙지가 잘 되어 있나 보군."

선병조가 흡족하게 윤지호를 바라보자 대한이 웃으며 말했다.

"교관님이 야간에 직접 테스트하신 것만 몇 번인데 당연히 숙지가 잘되어 있지 않겠습니까?"

아부가 아니라 진짜였다.

선병조는 공병학교에서 직접 장간조립을 못 할 것을 알자 야간을 비롯해 틈만 나면 장간조립에 대한 이론 테스트를 했는데 그 물음들이 부대에 와서 큰 도움이 됐다.

그로부터 몇 시간 뒤, 장간을 완전히 구축하고 소위들이 기념 촬영을 했다.

촬영 뒤, 선병조가 대한에게 물었다.

"이거 철거도 우리가 하는 거냐?"

"아닙니다. 어차피 구축 역순으로 철거하는 거니까 소위들은 복귀해도 상관없을 것 같습니다. 저희가 알아서 하겠습니다."

그 말에 선병조가 인상을 찌푸렸다.

대한은 공병학교의 교육 일정을 생각해서 배려한 건데 그 배려는 선병조가 원했던 대답이 아니었던 것.

"자식이, 너 군 생활 잘하는 놈 맞냐?"

"왜 그러십니까?"

"이거 놔두고 가면 대대장님이 우릴 뭐라고 생각하시겠어. 애들이 한 건 애들이 철거하고 가야지."

"아…… 역시 교관님이십니다. 그럼 바로 철거 실시하겠습니다."

"철거는 가르친단 생각하지 말고 야전에서 하듯이 재빠르게 해 버려라."

굳이?

교육에 미친 양반이 웬일이래?

그때, 대한이 혹시나 하는 마음에 물었다.

"혹시 오늘 복귀하실 생각이십니까?"

"야간 복귀해도 된다고 학교장님께 허락받았어. 난 차 안 막힐 때 가고 싶다."

시계를 확인해 보니 15시가 넘어가는 중이었다.

장간을 아무리 빨리 철거한다고 해도 최소 6시간은 걸릴 터.

그럼 못해도 21시에 출발해야 될 것 같은데 선병조의 표정을 보니 그걸 원하는 건 아닌 것 같았다.

"설마 22시 전에 공병학교 도착을 목표로 하시는 겁니까?"

"취침 시간은 보장해 줘야 되지 않겠냐?"

미친.

언제 그런 걸 잘 지켜 줬다고?

대한은 목구멍 끝까지 말이 차올랐지만 겨우 참아 내고 윤지호에게 다가갔다.

"야, 지호야."

"왜?"

"19시까지 무슨 수를 써서라도 철거해야 한다."

"어? 갑자기? 아니 근데 그게 가능은 하냐?"

"안 되도 되게 해야지. 교관님이 야간 복귀하고 싶다고 하시네."

"하……."

그렇게 해체 작업이 시작됐다.

대한과 윤지호는 어떻게든 시간을 단축하기 위해 필사적으로 지시를 내렸고 18시 30분에 모든 철거가 끝날 수 있었다.

물론 완벽한 철거는 아니었다.

대한이 자잘한 장비들은 전부 구석에 던져 놓고 정리를 미뤘으니까.

'이건 내가 내일 혼자 와서라도 한다.'

제대로 정리하려면 시간이 더 걸렸을 터.

허나 현재 목표는 제대로 된 정리가 아닌 시간 단축이었기에 어쩔 수가 없었다.

이윽고 선병조가 함박웃음을 지으며 다가와서는 대한을 칭찬했다.

"이야, 것 봐라. 내가 하면 된다고 했지? 어떻게 내가 예상한 시간에 딱 맞춰서 끝냈냐, 잘했다. 그나저나 지호는?"

그 물음에 대한이 방전되어 장구류를 풀어 헤치고 누워 있는 윤지호를 손으로 가리켰고 그 모습을 본 선병조가 피식 웃으며 말했다.

"동기 잘 챙겨 줘라, 힘든 거 있으면 또 이야기 하고."

"예, 알겠습니다."

그때였다.

때마침 이원영과 박희재가 1호차를 타고 장간조립교 교장에 도착했다.

교장에 도착한 두 사람이 깨끗한 교장을 보며 감탄했다.

"뭐야, 벌써 끝났어?"

"철야 준비 잘 하나 보러 왔더니만 벌써 끝났네?"

두 지휘관도 야간까지 이어질 거라 판단하고 걱정이 되어 올라와 본 것이었다.

그런데 전혀 생각지도 못 한 일이 벌어졌고 그 광경을 본 박희재가 웃으면서 이원영에게 손을 내밀었다.

"제가 이겼습니다."

"하…… 이걸 어떻게 이렇게 빨리 끝냈지? 현금 없어. 나중에 줄게."

"어허, 또 이런 식으로 그냥 넘어 가시려는 겁니까?"

"아니, 진짜 현금이 없다고. 요즘 누가 전투복에 현금을 넣고 다니나?"

"알겠습니다, 그럼 돈은 됐고 조만간 술이나 사시죠."

"그게 더 비싸. 그냥 돈으로 줄게."

"지금 안 주시면 알짤 없습니다."

이 양반들 봐라…….

그새 또 우릴 가지고 내기했나 보네.

박희재의 독촉에 이원영이 고개를 저으며 선병조에게 다가갔다.

"그래, 고생 많았다. 오늘 복귀하려고?"

"예, 그렇습니다."

"파견 기간을 좀 넉넉하게 잡았던 것 같은데 급한 건 없지 않나? 왜 이렇게 서둘러?"

"예, 급한 건 아니지만 소위들 얼른 복귀시켜서 간편조립교까지 교육 시키려고 합니다."

아.

어쩐지 일찍 가려고 하더라.

그 말에 대한은 새삼 소위들이 불쌍해졌다.

'간편조립교 대신 장간조립교 하러 온 건데 결국 간편조립교도 하러 가는구나.'

새삼스럽지만 역시 누굴 윗사람으로 두냐에 따라 군 생활의 난이도가 결정되는 것 같았다.

대한은 바닥에 널브러져 있는 소위들을 안타깝게 바라보고
는 선병조에게 말했다.

"말씀 나누시는 동안에 내려가서 인원들 복귀 준비하겠습니
다."

"어, 그래. 부탁하마."

그때, 이원영이 대한을 말리며 말했다.

"잠깐만, 이 인원들 밥은?"

"가는 길에 휴게소에서 제가 사 주려고 했습니다."

대답한 건 선병조였다.

그 말에 이원영이 고개를 기울였다.

"돈이 만만찮을 텐데?"

"애들 먹이는 건데 안 아깝습니다."

그 말에 이원영이 웃으며 물었다.

"아무리 안 아까워도 이건 학교장님이 들으면 화내실 것 같
은데?"

"이미 보고드렸더니 알겠다고 하셨습니다."

"아니, 자네한테 왜 화를 내나. 나한테 화내신다고."

그 말에 선병조도 아차 싶었는지 웃으며 답했다.

"하하, 죄송합니다. 제가 야전 벗어나고 생각이 짧아진 것 같
습니다."

그래.

투스타가 뭣하러 소령한테 화를 낼까.

화를 내도 이원영한테 내겠지.

이원영이 웃으며 선병조의 어깨를 두드렸다.

"괜찮아, 교관은 밑에 애들 생각만 하면 되니 자네는 잘하고 있어. 이미 준비 다 해 놨으니까. 짐 다 싸서 식당으로 이동해서 밥 먹고 바로 출발해."

"예! 알겠습니다!"

이윽고 이원영과 박희재가 소위들을 격려해 준 뒤 자리를 비켜 주었다.

선병조는 떠나는 두 지휘관을 보며 대한에게 말했다.

"좋은 분들 밑에서 군 생활하는 중이구나."

"예, 운이 좋은 것 같습니다."

"네가 잘하는데도 다 이유가 있었어."

대한은 선병조에게 웃어 준 뒤 윤지호와 소위들을 챙겨 병영식당으로 이동했다.

그런데 병영식당에 들어가기 전부터 위를 자극하는 심상찮은 냄새가 나기 시작했다.

대한은 이원영이 준비한 게 뭔지 바로 알 수 있었다.

소위들도 익숙한 냄새였는지 하나둘 입을 떼기 시작했다.

"……이거 라면 냄새 아니냐?"

"미쳤네…… 설마 컵라면인가?"

"컵라면이 어떻게 여기까지 냄새를 풍기냐? 무조건 끓인 라면이지."

정답이었다.

병영식당에 들어가자 전찬영이 큰솥 앞에 서서 면발을 들었다 내렸다 하는 중이었다.

소위들을 발견한 전찬영이 외쳤다.

"배식받아서 자리 잡으시고 저한테 다시 와 주시면 됩니다! 뒤로 전달 부탁드리겠습니다!"

고된 훈련 뒤에 먹는 라면만큼 맛있는 게 또 있을까?

끓인 라면을 본 소위들은 온몸에 소름이 돋았다.

심지어 김치까지 준비되어 있었는데 그들은 이내 굶주린 짐 승처럼 미친 듯이 달려가 줄을 서기 시작했다.

흡사 좀비들을 보는 듯했다.

그것을 본 선병조도 웃었다.

"단장님이 센스 있으시네."

대한도 고개를 끄덕일 수밖에 없었다.

여기서야 흔한 게 라면이라지만 공병학교에 있는 동안은 구 경도 못 해 볼 음식이었다.

그렇기에 저렇게 환장하고 달려드는 것.

대한도 줄 서서 배식을 받았고 전찬영에게 웃으며 말했다.

"늦게까지 고생이 많다."

"에이, 라면이 무슨 고생입니까. 소위분들은 다 받았습니까?"

"어, 교관님이랑 소대장들 꺼만 좀 부탁할게."

"아, 잠시만 기다려 주십쇼."

전찬영은 계란을 가져와 몇 개 더 풀어서 조금 더 특별한 라면을 만들어 주었다.

그 센스에 대한이 엄지를 들었다.

"역시."

"필요하신 거 있으시면 말씀하십쇼. 먼저 정리 좀 하고 있겠습니다."

"그래, 고맙다. 아참. 근데 너 요리 대회 준비는 잘하고 있냐?"

"하하, 예. 작년에 첫 대회 끝나고부터 계속 준비 중입니다."

"야, 그건 너무 심한 거 아니냐?"

"제 실력도 키울 겸 해서 꾸준히 연습했습니다."

"그래도 혹시 뭐 필요한 거 있으면 말해. 돈 드는 거라도 상관없으니까."

"예, 알겠습니다!"

전찬영이 씩씩하게 대답했고 대한이 라면을 들고 선병조와 윤지호에게 가져다주었다.

선병조가 라면을 보고는 감탄했다.

"이야. 이 부대 취사병들은 실력이 좋다."

"예, 제가 봐도 그런 것 같습니다."

"뭘 아는 척이야? 너 다른 부대 안 가봤잖아?"

아, 그렇지.

아직은 그런 설정이지.

대한이 어색하게 웃으며 답했다.

"그래도 공병학교 때보단 훨씬 맛있지 않습니까."

"그건 그렇지. 근데 공병학교 애들도 요리를 못 하는 건 아닌데 여기가 더 잘하는 것 같긴 하다. 특히 이 라면만 봐도 그래, 대량 조리인데도 전혀 대량 조리 같지가 않아. 이래서 단장님이 먹고 가라고 하신 거구만."

연신 감탄을 하며 먹던 선병조가 대한에게 물었다.

"근데 아까 취사병이랑 무슨 이야기를 그렇게 하다가 온 거냐?"

"아, 조만간 부대 요리 대회가 있어서 준비 잘하고 있냐고 물어봤습니다."

"요리 대회? 그런 것도 하나?"

"예, 병사들에게 양질의 식사를 제공하기 위해서 시작된 대회인데 시작은 저희 대대에서 끊었고 지금은 단에서 주최하려고 준비 중입니다."

그 말에 선병조가 신기하다는 듯 물었다.

"취지는 괜찮네, 근데 그게 군대에서 준비가 되는 건가? 무슨 요리를 하는데?"

"특별한 건 아니고 군에서 제공되는 식재료들을 가지고 요리를 합니다. 대신 군에서 알려 주는 레시피가 아닌 개개인이 레시피를 만들어서 대회에 참가하는데 참고로 저번 대회 우승작이 카레였습니다."

"……카레? 평가 기준이 맛이 아닌가 보네?"

"아닙니다. 오로지 맛으로만 평가합니다."

"근데도 우승작이 카레라고? 군대 카레가 레시피 좀 바뀐다고 어떻게 할 수 있는 거였냐?"

"하하, 교관님처럼 카레를 기피하던 간부들이 이젠 전부 다 카레에 밥을 비벼 먹고 있습니다. 참고로 아까 그 친구가 우승한 친구입니다."

"그래? 그럼 한번 불러 봐라."

"예?"

"라면 잘 먹었다고 말도 할 겸 불러와 봐. 내가 궁금한 게 있어서 그래."

식당에서 셰프 찾는 것도 아니고 호출은…… 그래도 불러 달라고 하니 불러 주긴 했다.

"충성! 맛있게 드셨습니까?"

"어, 너무 맛있게 먹었다. 다름이 아니라 너한테 물어보고 싶은 게 있어서 바쁜데 좀 불렀어."

"예, 말씀하십쇼."

"그…… 요리 대회하고 취사병들 실력이 좀 올라갔나?"

그 말에 대한의 고개가 기울어졌다.

선병조의 질문 의도가 파악이 안 돼서였다.

전찬영도 마찬가지인지 대한을 흘끔 쳐다본 후 대답했다.

"예, 따로 연습을 많이 한 덕에 다들 빠르게 좋아졌습니다."

"하기 싫진 않았고?"

"휴가 때문에라도 다들 열심히 했습니다."

"휴가? 며칠이나 줬길래?"

이 질문은 대한이 대신 대답했다.

"1등 단장님, 2등 대대장님, 3등 중대장 포상 휴가 나가고 있습니다. 이번 대회부터는 더 많은 인원들에게 휴가가 돌아갈 것 같습니다."

그 말에 선병조는 잠시 생각에 잠기더니 이내 대한에게 말했다.

"공문 만든 거 있지? 그거 나한테 좀 보내 놔라."

"설마 공병학교에서도 주최해 보려고 하시는 겁니까?"

"엉, 들어 보니 좋은 것 같아서. 이런 게 있으면 미리 좀 알려주지 안 알려 주고 뭐 했냐?"

그 말에 대한이 웃으며 답했다.

"두 번째 대회가 끝나면 바로 알려 드리려고 했습니다. 교관님께 알려 드리는 건데 저도 확실하게 알려 드려야 하지 않겠습니까?"

선병조는 대한의 대답이 귀여웠는지 피식 웃으며 대답했다.

"시행착오를 거친 뒤에 주겠다? 그래서 대회를 하면서 조심해야 할 점이 뭐가 있든?"

"일단 질 높은 대회를 위해서는 취사병들에게 충분한 연습시간을 확보해 줘야 합니다. 예를 들어 저희 부대에선 취사지원 인원들을 더 보내 취사병들의 부담을 덜어 주었습니다."

"또?"

"또 다른 것들 중에는 대회 당일의 식사 일정을 고려해야 한다는 겁니다. 저희는 준비 시간이 적게 걸리는 빵식을 먹는 날에 대회를 열었습니다."

선병조가 대한의 말을 듣더니 흡족한 표정을 지었다.

"이야, 좋은데? 이거 다 네가 계획한 거야?"

"저랑 저희 중대장이 시작한 것이긴 한데…… 계획을 완성한 건 저희 인사과장입니다."

그 말에 선병조가 고개를 끄덕이더니 이내 전찬영에게로 시선을 옮겼다.

"취사병들 중에 싫어하는 애들은 없었어?"

"예, 아무도 없었습니다."

"그래, 대답해 줘서 고맙다. 가서 일 봐라. 라면 맛있더라."

"예, 맛있게 드십쇼."

이윽고 식사가 끝났고 선병조가 소위들을 식당 앞에 집합시켜 놓은 뒤 대한에게 말했다.

"가면 학교장님한테 부대 칭찬 좀 강하게 해야겠다. 이렇게 신세를 졌는데 신세 갚아야 하지 않겠나?"

"하하, 그래 주시면 감사하겠습니다."

"대한이는 하던 대로 열심히 하고 지호는 이제부터라도 제대로 해라. 교관이 항상 응원하마. 그럼 간다!"

"예, 살펴 가십쇼. 충성!"

격려를 마친 선병조가 버스에 탑승한다.

그리고 떠나는 버스가 사라질 때까지 대한과 윤지호는 올린 손을 내리지 않았다.

이윽고 시야에서 버스가 완전히 사라지자 그제야 한숨 돌린 대한이 말했다.

"하루가 참 기네, 이제 가서 씻어야겠다."

"씻고 갈 거냐?"

"난 방에 가서 씻으려고. 근데 너, 교육장교 지원했다며?"

"어, 그렇게 됐다. 생각해 보니까 내가 교관님처럼 되고 싶다는 걸 깜빡했더라고."

"깜빡할 게 따로 있지. 빨리 떠올렸으면 인사과장 자리 갖고 굳이 티격태격할 것도 없었잖아."

대한이 농담하듯 웃으며 말했으나 윤지호는 뜨끔했는지 미안하다는 듯 말했다.

"미안하다. 그래도 덕분에 특급전사 했잖아?"

"야, 그건 원래도 할 수 있는 거였어."

"하긴 넌 그렇겠다. 그나저나 중대장님 말씀하시는 거 들어 보니까 특급전사들만 모아서 뭐 한다는 것 같던데?"

"아……."

맞다. 그게 있었지.

선병조 때문에 잠시 잊고 있었다.

근데 아직 어떻게 평가할지 이야기 나온 것도 없었다.

하지만 특급전사들 중에 특급전사를 가리는 것일 테니 뭐가 됐든 쉽진 않을 터.

대한은 '최정예 전투원 선발'을 떠올렸다.

'아직 없는 제도이긴 한데 잘하면 이번 평가가 발전돼서 그게 될 수도 있겠군.'

지금으로부터 몇 년 뒤에 생기게 될 최정예 전투원 선발은 '300워리어'라는 과정 중의 한 가지 과정이다.

이는 육군에 소속된 대위 이하, 상사 이하 간부들의 개인 전투력을 측정하는 것으로 이 과정에 합격하게 되면 자력에 큰 도움이 되는 건 물론 전투복에 영광스런 휘장까지 추가가 되었다.

문제는 합격률이 5%도 안 된다는 것이지만.

'여단이나 사단급 지휘관들이 추천하는 인물들만 참여하는데도 합격률이 아주 낮았지.'

그만큼 말도 안 되게 어려웠다.

시험을 봐야 하는 과목들만 30개 가까이 되었으니까.

덕분에 재수는 물론 5수, 6수까지 하는 사람들도 생겨났다.

대한은 과거를 떠올리며 미간을 좁혔다.

'전생에는 나갈 수 있었는데도 못 나갔었지.'

전생의 대한에게도 기회는 있었다.

소령 진급에 실패하자 당시 부대 지휘관이 자력에 한 줄이라도 추가해 보라며 추천해 준 것.

하지만 끝끝내 출전하지 못했다.

그도 그럴 게 야전은 대위에게 그 정도 여유를 주진 않았으니까.

게다가 무엇보다도 체력 부족이 가장 컸다.

'매일 앉아서 컴퓨터만 보게 하는데 체력이 좋을 리가.'

하지만 이번에는 달랐다.

체력도 충분했고 개념도 완벽했다.

그때, 윤지호가 말했다.

"근데 단에도 특급전사 한 명 있다고 들었는데 혹시 누군지 아냐?"

"그러네? 누구지?"

마익형인가?

아마 그럴 확률이 높다고 생각했다.

현재 단에서 체력도 되고 의지도 가장 넘치는 인원은 그 녀석뿐일 테니.

'한번 확인해 봐야겠네.'

대한이 고개를 끄덕이며 그 사실을 수첩에 적어 둔다.

※

다음 날 아침.

대한은 고종민을 찾아갔다.

"충성."

"왔어?"

"아침부터 뭐 하십니까?"

"어, 요리 대회 참석 가능 간부들 확인 중이었다."

그 말에 대한이 고종민의 모니터를 확인했다.

그런데 생각보다 참석자들이 많았다.

"참석자들이 많은데 반응이 꽤 좋은 것 같습니다?"

"당연히 좋지. 특히 애들 키우는 간부들한테 인기가 많다."

"왜 많습니까?"

"생각해 봐라, 어차피 주말되면 애들 놀아 줘야 하는데 마침 부대에서 좋은 놀이거리를 제공해 준 거잖아."

아아.

가족 동반 행사니 그럴 수도 있겠군.

대한은 목록을 살펴보다 이원영과 박희재의 이름을 확인하더니 고개를 기울였다.

"단장님도 참여하시는 건 아는데…… 이거 잘못 적으신 거 아닙니까? 단장님 가족이 3명으로 표기되어 있습니다."

"세 분 맞아. 이번엔 따님도 참석하신다고 하더라."

"아, 그렇습니까?"

그렇군.

이원영이라고 다른 유부남들과 다른 건 아니었어.

근데 이원영의 딸 정도면 나랑 또래일 텐데 주말에 놀아 주는 게 의미가 있나?

뭐, 아빠가 일하는 부대가 궁금한가 보지.

대한이 고개를 끄덕이며 말을 이었다.

"근데 숫자가 엄청 많은 걸 보니 이번에는 요리 대회 음식도 좀 많이 만들어야겠습니다?"

"안 그래도 그것 때문에 고민이다. 이 인원들이 다 맛을 보려면 한두 개 가지고는 안 될 것 같거든."

참석 인원은 대략 50명 정도.

간부는 15명이었지만 가족 단위로 참석하기에 사람들이 많았다.

그러니 심사위원들에게만 맛을 보여 줬던 저번 대회랑은 준비 방식부터 달라져야 할 터.

아이디어가 필요했다.

'찬영이랑 의논 한번 해 볼까.'

대한이 말했다.

"그래도 사람 수가 늘어난 덕분에 취지 자체는 이번 대회가 더 어울릴 것 같습니다. 근데 취사병 애들한테 인원 몇 명이 오는지 알려 주셨습니까?"

"방금 종합 끝나서 아직."

"그럼 제가 말해 주겠습니다."

"고맙다. 그럼 난 간부들한테 전화 돌려서 확인 좀 하고 있을게."

대한은 그대로 취사장으로 향했다.

원래라면 쉬는 시간이라 다들 들어가 있어야 하는데 곧 있으면 열릴 대회 때문에 다들 나와서 맹렬히 연습 중이었다.

대한이 취사장에 얼굴을 비추자 전찬영이 나와 경례했다.

"충성!"

"어, 그래. 연습 잘하고 있냐?"

"예, 잘하고 있습니다."

"어떻게, 담배나 한 대?"

"좋습니다."

대한이 의논을 위해 전찬영만 따로 데리고 흡연장으로 이동했다.

흡연장에 도착한 대한이 전찬영에게 물었다.

"이번엔 음식 좀 많이 만들어야 한다는 거 들었지?"

"예, 그렇습니다."

"일단 지금까지 종합된 참석 인원만 50명인데 그중에 꼬맹이들만 약 20명은 될 것 같다. 그래서 말인데 저번이랑은 방식 자체가 좀 달라야 할 것 같은데…… 뭐 좋은 방법 있냐?"

전찬영은 잠시 고민하더니 가볍게 답했다.

"그럼 한 10인분씩 만들면 되지 않겠습니까?"

"괜찮겠냐? 시간이 점심시간 바로 뒤잖아."

"요즘 애들 손 빨라져서 괜찮습니다. 그건 걱정 안 하셔도 될 것 같습니다."

"그렇다고 애들 밥 대충 만들고 그러면 안 된다. 알지?"

대회 하나 하자고 병사들 밥도 제대로 안 먹이면 되겠는가.

전찬영도 대한의 걱정을 알았는지 웃으며 고개를 끄덕였다.

"제가 대회를 포기하는 한이 있더라도 병사들 밥은 제대로 챙기겠습니다."

"하하, 정 힘들 것 같으면 말하고. 애들 중국집이나 시켜 주지 뭐."

"……예? 병사들 전부 말입니까?"

"짜장면 400개에 탕수육 100개쯤 시키면 되지 않을까?"

"어…… 그렇게 말씀하시니 나쁘지 않은 것 같기도 한 것 같습니다?"

"농담이야, 인마. 하양에 있는 중국집 싹 다 집합시키고 싶진 않다. 그나저나 이번엔 뭐 준비했냐?"

그 물음에 전찬영이 음흉하게 웃기 시작했다.

"후후, 비밀입니다."

"이러기야?"

"원래 뜸 들인 밥이 더 맛있는 법 아니겠습니까. 당일에 확인해 주십쇼. 이번엔 일반인들도 먹는다고 해서 심혈을 기울였습니다."

열정 넘치는 걸 보니 뭐가 됐든 기대가 됐다.

그도 그럴 게 전찬영은 이번 대회를 일종의 소비자 테스트로 활용할 생각이었으니까.

"기대한다?"

"기대해도 좋습니다."

"오, 자신 있나 보네. 알겠다."

생각보다 쉽게 걱정이 해결됐다.

대한은 흡연을 마친 후 병영식당으로 이동해 전찬영에게 말했던 것과 똑같이 대회에 대해 설명해 주었다.

다행히 불만을 표하는 이는 없었다.

다들 숙련도가 많이 오른 모양.

대한은 취사병들에게 응원을 해 주고 병영식당에서 나왔다.

✳

요리 대회 당일.

대한은 일찍 부대로 출근해 옥지성을 불러냈다.

옥지성은 어제 휴가에서 복귀한 터라 매우 피곤한 얼굴이었다.

대한이 옥지성에게 물었다.

"학교는 다닐만하냐?"

"힘들어 죽겠습니다. 아니, 인간적으로 원래 첫 주에는 출석만 하고 수업 끝내줘야 되는 거 아닙니까?"

"그게 센스긴 한데 꼭 그러라는 법은 없으니 아닌 분들도 있긴 하지."

"저희 학과 교수님들은 한 분도 빠짐없이 전부 다 풀로 강의했습니다."

"어우, 그건 좀……."

상상만 해도 끔찍한 일이었다.

그래서 애가 이렇게 힘들어하는구나.

"끔찍하네. 수업 내용은 안 어렵고?"

"말도 마십쇼. 죄다 영어입니다. 이럴 거면 차라리 유학을 갈 걸 그랬습니다."

간호학과 특성인 듯했다.

의학용어는 죄 다 영어이니 어쩔 수 없겠지.

그래도 새삼스레 옥지성에게 대견함을 느꼈다.

'군대에서 대학도 합격하고 휴가 기간 동안 학교도 다니고 참 대단한 놈이야.'

이어 옥지성이 물었다.

"근데 저는 왜 부르신 겁니까?"

"아, 별건 아니고 통제 좀 같이 하자고 불렀지. 주말에 병력들 함부로 일을 시킬 순 없잖아."

"아, 그런 거면 저도 좀 봐주십쇼. 저도 출석 때문에 일부러 금요일에 휴가 복귀한 건데 진짜 이러시깁니까?"

"너야 말로 이러기야?"

"흑흑, 저도 똑같은 병력입니다."

"말년에 병력은 무슨, 넌 이제 그냥 내 동생이지."

동생이란 말에 옥지성이 잠시 흠칫하더니 이내 대한의 손에 들린 경광봉을 뺏어 들며 말했다.

"에휴, 형 하나 잘못 만나서 말년에 이 고생이라니……."

"저녁 기가 막힌 걸로 사 줄게. 좀만 도와줘라."

"……저 소주에 회 먹고 싶은데 괜찮습니까?"

"그러든가."

그 말에 옥지성의 눈이 휘둥그레 커졌다.

회는 둘째 치고 소주까지 허락해 줄 줄은 몰랐다.

그래서일까?

도둑이 제 발 저린다고 오히려 옥지성이 발을 뺐다.

"너무 쉽게 허락하시니까 재미없는 것 같습니다. 그냥 안 먹겠습니다."

"진짜 괜찮은데 그냥 먹지 그래?"

"말년엔 낙엽도 조심하라고 했습니다. 술은 나중에 사 주십쇼."

"그러든가 그럼."

그때, 익숙한 차 한 대가 연병장 쪽으로 올라왔다.

이원영이었다.

이내 차가 다가오자 큰 소리로 경례했다.

"충! 성!"

창문이 내려가고 이원영이 손을 흔들었다.

"주말에 고생이 많다, 대한아."

그때 조수석에 익숙한 얼굴이 보였다.

이원영의 아내였다.

살이 좀 빠지긴 했지만 정정해 보였는데 참 다행이라는 생각이 들었다.

그때, 대한이라는 말에 이원영의 아내가 깜짝 놀라더니 얼른 차에서 내려 대한의 손을 덥석 잡았다.

"김 소…… 아니, 이젠 김 중위님이네. 고맙단 인사가 너무 늦었네요. 정말 고마워요. 나 기억하죠?"

대한의 손을 잡은 사모님의 눈에 눈물이 그렁그렁했다.

당연했다.

대한이 아니었다면 자신은 지금쯤 여전히 몸 상태도 모른 체 암세포를 몸에 품고 있었을 테니까.

그녀의 감사 인사에 대한도 웃으며 답했다.

"말씀 들었습니다. 쾌차하셨다니 정말 다행입니다."

"조금만 늦었어도 큰일 날 뻔했는데 정말 고마워요. 이 은혜는 내가 절대로 안 잊을게요. 그나저나 오늘 김 중위님 어머니도 오세요?"

"아, 저희 부모님은 안 오십니다."

"어? 왜요? 댁이 먼가요?"

"그건 아닌데 제가 정신없을 것 같아서 다음에 같이 놀러 오자고 했습니다."

빈말이 아니라 진짜였다.

고종민도 행사 준비하느라 바빴고 그렇다고 주말에 병사들한테 일을 시킬 수도 없었다.

　그러니 자기가 도와야 했는데 그러다 보면 자연스레 어머니에 대한 케어가 부족할 것 같아 그냥 다음에 오자고 한 것.

　그 말에 사모가 이원영을 노려보며 말했다.

　"여보. 김 중위님은 간부도 아냐? 왜 김 중위님만 이렇게 바쁘셔?"

　"어, 아니 그게 아니라……."

　"차별하는 거야, 뭐야? 당신 이런 사람이었어?"

　그 말에 이원영이 식은땀을 흘리기 시작했고 위기를 느낀 대한도 얼른 말을 보탰다.

　"그, 그런 거 아닙니다. 오히려 단장님께선 나중에 어머니랑 놀러오라고 관사까지 빌려준다고 하셨습니다."

　"그, 그래. 나도 미안하지. 근데 일이 이렇게 된 걸 어떡해, 우리 부대에서 제일 에이스가 손님맞이 해야지. 그리고 대한이가 행사를 맡아 주니까 내가 이번에 당신도 데리고 올 수 있었던 거야."

　"……그래요?"

　"그럼 그렇고말고."

　이원영과 대한의 설명에 사모는 그제서야 고개를 끄덕였다.

　"에구, 그래도 미안한데……."

　"하핫, 전 정말 괜찮습니다. 그러니 제 걱정은 마시고 오늘 하루 즐겁게 보내셨으면 좋겠습니다."

"역시 김 중위님은 말씀도 참 이쁘게 하십니다. 아, 이럴 게 아니라 제 딸도 소개해 드릴게요. 연희야?"

그 말에 뒷좌석에서 누군가 내렸다.

그런데 차에서 내린 인물을 보자마자 옥지성의 눈이 휘둥그레 커졌다.

차에서 내린 이는 이원영의 딸, 이연희였는데 생각지도 못하게 너무 예뻐서였다.

이윽고 차에서 내린 이연희가 대한에게 예를 갖췄다.

"처음 뵙겠습니다. 이연희라고 합니다."

"저도 처음 뵙겠습니다. 김대한 중위라고 합니다."

정말 처음 뵙긴 했다.

전생엔 이원영의 딸을 볼 기회가 없었으니까.

그나저나 그녀는 목소리도 참 예뻤다.

아나운서를 방불케 하는 그녀의 목소리와 발음은 여러모로 참 놀라운 것이었다.

이윽고 그녀의 말이 이어졌다.

"말씀 많이 들었습니다. 그리고 정말 감사드립니다. 중위님이 아니었음 저희 엄마가 많이 위독하셨을 텐데 이게 다 중위님 덕분입니다. 다시 한번 더 정말 감사드립니다."

이연희가 대한에게 고개를 숙였고 대한도 같이 고개 숙이며 말했다.

"그냥 혹시나 싶어서 드린 말씀인데요, 뭐. 그래도 건강해지셔서 참 다행입니다."

"그냥 말로만 감사하다고 하는 건 절대 아닙니다. 정말 뭐라도 해 드리고 싶은데 아빠가 워낙에 반대를 하셔서……."

"크흠."

그 말에 이원영이 헛기침을 한다.

왜 저러는지는 안다.

부대에서 말이 나올까 싶어서 와이프한테 부대 구경도 제대로 한번 안 시켜 준 양반인데 딸의 사적인 감사 표시라고 오죽할까.

대한도 이원영의 성격을 알기에 얼른 거절했다.

"아닙니다. 전 정말 괜찮습니다.' 그리고 따지고 보면 저도 공무원이라 그런 거 받으면 큰일납니다."

"아빠랑 똑같이 말씀하시네요. 그래도 뭘 못 해 드려서 정말 죄송하고 다시 한번 더 감사드립니다."

그녀가 고개를 숙이자 대한도 다시 한번 더 고개를 숙였고 이내 이원영이 대한만 볼 수 있게 엄지를 들어 준 후 가족들을 태우고 차를 이동시켰다.

멀어져 가는 차를 보며 옥지성이 조용히 중얼였다.

"진짜 무슨 배우 보는 것 같았습니다."

"단장님도 한 인물하시잖아. 유전이지 뭐. 근데 넌 왜 이렇게 정신을 못 차리냐? 이쁜 사람은 학교에도 많잖아."

"에이, 말도 마십쇼. 대학교에는 저런 사람 없습니다. 그리고 설령 있다고 해도 이젠 제가 싫습니다."

"왜?"

"여자 동기 많으면 좋다고 생각했는데 엄청 기 빨립니다. 다들 어쩌나 말이 많던지……."

옥지성은 진심이었다.

그도 그럴 게 살면서 그렇게 많은 여자들과 함께 생활하는 건 이번이 처음이었으니까.

대한도 그 고충을 아는지 조용히 고개를 끄덕였다.

"……그래, 그러니까 남자 동기들 잘 챙겨라."

"안 그래도 똘똘 뭉치고 있습니다."

이후, 이원영의 차를 기점으로 다른 참석자들이 몰려오기 시작했다.

그중에는 여진수도 있었다.

대한의 앞에 차를 세운 여진수가 창문을 내려 인사했다.

"충성!"

"아들, 대한이 삼촌한테 인사해."

그 말에 여진수의 아들이 창문으로 머리를 빼꼼 내밀며 씨익 웃었다.

"안녕하세요, 삼촌!"

"도련님, 오셨습니까."

대한의 장난스런 대꾸에 여진수가 피식 웃으며 말했다.

"도련님은 무슨…… 주말에 고생이 많다."

"아닙니다. 근데 형수님은 안 오셨습니까?"

"너희 형수 도망갔다."

"예?"

"부대에서 가족 행사한다니까 잽싸게 약속 잡고 도망치더라. 애들이랑 오붓한 시간 보내라나 뭐라나."

"하하, 그래도 과장님 덕분에 형수님께서 휴가 가시는 것 아니시겠습니까."

"그렇지, 뭐. 애 보는 게 어디 보통 일이냐."

아니나 다를까, 여진수의 차 안에는 이미 그의 자식들이 소리를 지르며 뛰어노는 중이었다.

여진수가 한숨을 쉬며 말했다.

"넌 웬만하면 혼자 살아라."

"그래도 행복하지 않으십니까?"

"행복하긴 한데…… 아무튼 혼자 살아. 난 말했다. 꼭 혼자 살라고."

"크큭, 명심하겠습니다."

"주차 그냥 대충 하면 되지?"

"그냥 지금 내리셔도 됩니다. 제가 알아서 하겠습니다."

"발렛도 해 주는 거야?"

"VVIP 한정 서비스입니다."

"하여튼 말은…… 그럼 고생하고, 좀 있다 보자."

"예, 고생하십쇼. 충성!"

여진수는 차량을 주차한 뒤 자식들을 쫓아 부대를 뛰어다니기 시작했다.

대한은 그 모습을 안타깝게 바라보고는 다시 일을 시작했다.

정말 결혼은 안 해야 되는 건가 생각하며 말이다.

Chapter 4

단장실에 도착한 이원영은 소파에 가족들을 앉히고 집무실을 구경시켜 주었다.

키우던 식물들도 자랑하고 부대 설명도 해 주며 대회 시간이 될 때까지 여유로이 기다렸다.

그때, 그의 아내가 이원영에게 물었다.

"여보, 김 중위가 살이 좀 많이 빠진 것 같던데 너무 고생시키는 거 아니에요?"

"고생은 무슨, 그냥 운동 좀 빡세게 해서 빠진 것뿐이야. 곧 돌아올 걸?"

틀린 말은 아니었다.

특급전사 준비를 위해 평소보다 운동을 많이 하긴 했으니까.

그러나 그녀는 이원영의 말이 쉬이 믿기지가 않았다.

"당신이 고생시킨 건 아니고요?"

"내가?"

"당신 스타일이 좀 빡빡해야죠. 원래 소위가 제일 고생한다는 건 알지만 중위가 됐는데도 저런 얼굴이면……."

"아, 아니야! 날 뭘로 보고! 내가 대한이를 얼마나 아끼는데!"

이원영은 필사적으로 스스로를 변호했다.

최근에 치러진 간부평가까지 언급하면서 말이다.

이원영의 필사적인 변호에 그녀는 그제서야 고개를 끄덕였다.

"어머, 그래서 살이 그렇게 쏙 빠졌던 거구나. 어쩐지…… 살이 빠졌는데도 더 탄탄해 보이더라니."

"아니, 처음부터 그렇게 봤으면서 왜 날 의심한 거야? 나 억울해?"

"그래서, 싫어요?"

"아니, 싫다는 건 아니고……."

원래도 아내 말이라면 못 이기는 이원영이었지만 그녀가 한 번 아프고 난 뒤론 더더욱 깨갱이었다.

그때, 잠자코 있던 이연희가 조용히 입을 열었다.

"딱 봐도 운동 많이 한 티가 나던데?"

"그랬어?"

"응, 목이랑 턱만 봐도 딱 알겠더라."

그 말에 이원영이 눈살을 좁히며 말했다.

"그새 구석구석 본 모양이다?"

"아니, 뭐…… 그냥 보여서 본 건데 뭘."

"흠."

"왜, 왜요?"

"너 혹시 연애하냐?"

"갑자기요?"

"안 해?"

"안 해요."

"그럼 마음에 드는 사람은?"

그 말에 이연희가 피식 웃으며 말했다.

"왜, 딸내미 시집갔으면 좋겠어?"

"아니, 그냥 물어보는 거지."

"예전에 마음에 드는 사람이 하나 있긴 했었지. 근데 병사 출신이더라고. 난 병사 출신은 별로."

그 말에 이원영이 황당하다는 표정을 지었다.

✳

그 시각, 대한은 병영식당에서 고종민의 행사 준비를 도와주고 있었다.

사실 도와줄 건 딱히 없었다.

그저 참석자들이 편히 앉을 수 있게 책상을 세팅하는 게 다였으니.

고종민은 책상의 오와 열을 확인하고는 고개를 끄덕였다.

"이 정도면 되겠다."

대한도 고개를 끄덕이고는 고종민이 준비한 시나리오를 확인했다.

'이젠 알아서 잘하네.'

저번에 해 놨던 게 있어서 그런지 시나리오 수정도 제법 잘했다.

대한이 시나리오를 보며 고개를 끄덕이자 곁에서 눈치 보고 있던 고종민이 안도의 한숨을 내쉬며 말했다.

"후, 담배 한 대만 피고 연습 좀만 더 해야겠다."

"또 연습하십니까?"

"행사는 늘 떨리거든."

틀린 말은 아니었다.

자기도 어릴 땐 그랬으니까.

이윽고 두 사람이 흡연장에 도착하자 저 멀리 안유빈이 카메라를 들고 흡연장으로 다가왔다.

안유빈을 본 대한이 잽싸게 경례했다.

"충성. 선배님은 여기 어쩐 일이십니까?"

"행사에 정훈이 빠져서야 되겠냐."

그 말에 대한이 속으로 쾌재를 불렀다.

안유빈이 아니었으면 자기가 사진을 찍을 생각이었으니까.

대한이 미소를 숨기지 못한 채 말했다.

"주말이라서 말씀 안 드렸는데 역시 선배님이십니다."

"요즘 방에서 계속 자소서만 쓰고 있어서 바람도 쐴 겸해서 나왔다."

"덕분에 사진 걱정은 안 해도 되겠습니다."

"다른 건 몰라도 사진은 내가 너보다 잘 찍잖아. 이런 건 잘 찍는 사람이 해야지."

안유빈이 담배를 물며 고종민에게 물었다.

"장기 발표 언제 나냐?"

"조만간 난다고 하던데…… 넌 들은 거 없어?"

"나한테 들리는 건 없던데? 근데 왜 이렇게 불안해하냐? 어차피 단에서 하나는 꼭 나오잖아."

"그렇긴 한데 그래도 사람 일이란 게 모르잖냐……."

그 말에 안유빈이 어이가 없다는 듯 물던 담배를 빼며 말했다.

"엄살도 심하다. 야, 솔직히 말해서 넌 사실상 차현수랑 둘이 붙는 건데 차현수한테 지면 쪽팔려서 어떻게 군 생활 하냐?"

안유빈의 말에 대한은 하마터면 웃음을 터뜨릴 뻔했다.

그도 그럴 게 자기가 하고 싶은 말을 안유빈이 대신해 주었으니까.

그 말에 고종민도 겨우 웃으며 답했다.

"야야, 그래도 선배다. 후배 보는 앞에서 그래서야 쓰냐?"

"네가 차현수랑 같이 일 안 해 봐서 그런 소리가 나오나 본데 같이 단에서 한번 일해 봐라, 고운 소리가 나오나."

"안 해 보긴, 야 인사 쪽 종합은 차현수가 하는 거 모르냐? 난 아직도 걔랑 매일 연락한다."

고종민의 말에 대한과 안유빈이 동시에 고개를 끄덕였다.

그 정도면 인정이지.

안유빈이 피식 웃으며 말했다.

"너도 만만찮게 고생했겠네. 그런 의미로 내가 전역 전에 너한테 크게 한 방 도움 주고 간다."

"네가? 어떻게?"

"인터뷰 한번 따자."

"인터뷰?"

안유빈이 담배를 문 채 카메라를 켰다.

그리고 고종민에게 카메라를 들이밀며 물었다.

"이번에 공병단에서 요리 대회가 다시 열렸다고 하는데 저번 요리 대회와 다른 점이 있나요?"

그 모습에 고종민이 황당한 표정으로 말했다.

"……할 거면 제대로 하든지, 나 담배 피우는 거 안 보이냐?"

"뭘 모르네. 담배 피우면서 해야 진짜 군인처럼 보이지. 됐고, 한번 말이나 해 봐. 요리 대회를 개최할 생각은 어떻게 하신 건가요?"

"예, 시벌~ 어떻게든 스펙 만들려고 발악하다가 갑자기 나오게 됐습니다. 사실 대한이가 다 떠먹여 준 거지만 말입니다~."

두 사람의 장난에 대한이 피식 웃는다.

그때, 대한에게 좋은 생각이 떠올랐다.

'잠깐만. 어쩌면 이것도 나쁘지 않을 것 같은데?'

사실 예전부터 고종민에 대한 걱정이 하나 있었다.

그것은 바로 자신과 포지션이 겹친다는 것.

둘 다 인사 쪽을 지망하게 되면 분명 대한이 고종민보다 빨리 진급하게 될 가능성이 있었다.

누가 봐도 대한의 스탯이 훨씬 더 높았으니까.

그래서 이왕 오래 볼 사이면 포지션이 안 겹치게 보다 편한 길을 권해 주고 싶다고 생각해왔다.

그런데 마침 안유빈이 요리 대회 인터뷰를 따려는 것.

'이번 요리 대회를 계기로 잘만 가꾸면 군수 쪽으로 길을 노려봐도 나쁘지 않을 터.'

그도 그럴 게 이번 요리 대회의 경우 실제로는 대한이가 다 계획한 것이긴 했지만 표면적으로는 고종민의 공으로 되어 있었으니까.

'게다가 군수 쪽 보직은 대위부터 시작이니 그전까진 아무 참모나 해도 상관없고.'

군수통이라고 불리며 장군까지 간 인물이 한두 명이 아니었다.

그러니 군수 쪽만 파도 비전이 있다는 것.

대한이 장난치는 안유빈에게 다가가 진지하게 말했다.

"선배님, 이왕 말씀하신 김에 정말로 인터뷰 한번 제대로 따 보시는 건 어떠시겠습니까?"

"갑자기?"

"예, 전역하시기 전에 동기 한번 제대로 밀어주십쇼."

그 말에 안유빈이 대한과 고종민을 번갈아 보고는 이내 입 꼬리를 올리며 말했다.

"그럴까?"

그러자 고종민이 짐짓 불안한 표정으로 대한에게 말했다.

"대, 대한아. 뭔데? 왜 그러는데 갑자기? 나 너한테 뭐 잘못한 거 있냐?"

"잘못하신 거 없습니다. 어쩌면 이번 인터뷰가 선배님의 살이 되고 피가 될 수도 있을 겁니다. 그런 의미에서 우선 요리 대회를 열게 된 이유부터 질문하시면 될 것 같습니다."

"야, 근데 이건 사실상 네가 다 한 건데 내가 어떻게……."

"괜찮습니다. 표면적으로는 선배님 공 아닙니까, 답변도 제가 다 써 드리겠습니다."

그 말에 안유빈이 환호했다.

"야, 차라리 그게 낫겠다. 쟤 말 못 해서 차라리 네가 써 주는 게 낫겠어."

"그럼 하시는 겁니다?"

"나, 나야 고맙긴 한데. 이게 맞냐……?"

"예, 맞습니다."

고종민의 겁먹은 표정에 대한이 음흉하게 웃는다.

✸

부대를 구경하던 참석자들이 시간에 맞춰 모두 식당에 모였다.

한 번에 100명도 넘게 수용할 수 있는 공간이었으나 활발한 아이들이 있다 보니 묘하게 식당이 비좁아 보였다.

그 예로 여진수는 여전히 뛰어다니는 아이들을 쫓아다니는 중이었는데 대한이 여진수의 아들을 붙잡아 들어 올리면서 말했다.

"도련님, 이제 행사 시작해야 하니까 가만히 있어 줘야 해."

"어, 아까 봤던 삼촌이네. 대한이 삼촌 안녕?"

다행히 도련님은 낯을 가리지 않았다.

그때 대한의 품에 안긴 도련님이 대한의 녹색 견장을 만지작거리며 물었다.

"삼촌, 근데 이건 뭐야? 이건 아빠한테 없던 건데?"

그 물음에 마침 좋은 생각이 떠올랐다.

"이건 엄청 강하고 무서운 사람한테만 달아 주는 거야."

"어, 아닌데? 아빠는 아빠가 부대에서 제일 세다고 그랬는데?"

그 말에 근처에 있던 박희재와 이원영이 키득거렸다.

"와, 몰랐네. 난 내가 제일 쎈 줄 알았는데."

"나도 그런 줄 알았는데 아니었나 보다."

두 사람의 키득거림에 여진수가 고개를 푹 숙이며 한숨을 내쉬었고 대한도 함께 웃으며 말했다.

"이거 도련님 할래?"

"정말?"

"만약 행사 끝날 때까지 조용히 있어 주면 삼촌이 이거 도련님 줄게. 그럼 도련님이 제일 쎈 사람 되는 거야."

"진짜?"

"당연하지."

"어, 알겠어. 그럼 조용히 있을게. 나 조용히 있는 거 잘해."

입을 앙 다문 채 볼을 부풀리는 도련님.

그 모습을 본 간부들이 조용히 아빠 미소를 지었고 이윽고 고종민이 행사를 시작했다.

"그럼 지금부터 본격적으로 요리 대회를 시작해 보도록 하겠습니다!"

본격적인 행사가 시작됐다.

행사가 시작됨과 동시에 취사병들의 손이 빠르게 움직였고 시간이 지남에 따라 식당 안에는 맛있는 냄새로 가득 차기 시작했다.

"오…… 저기 불쇼 한다."

"칼질 진짜 빠른데?"

"요즘 취사병들 대단하구나?"

취사병들이 요리하는 모습을 보며 사람들이 감탄한다.

다들 오늘을 위해 어지간히도 실력을 갈고 닦은 모양.

이윽고 완성된 요리들이 하나둘씩 나오기 시작하자 그에 맞춰 고종민이 멘트를 곁들였다.

"여기서 가장 중요한 포인트는 지금 만들어지고 있는 음식들 모두 군에서 보급되는 재료들로만 만들어졌다는 것입니다. 그러니 시식들 하시면서 그 점을 떠올리시면 취사병들의 노력이 더더욱 잘 느껴지실 겁니다."

그 말에 간부들은 물론 가족들도 놀라며 평가를 하기 시작했다.

간부들은 매일 먹던 음식이 이렇게 변할 수 있다는 것에 놀랐고 간부들의 가족들은 군에 보급되는 식재료가 생각보다 질이 좋다는 것에 놀랐다.

대한은 참석자들의 반응을 살피고는 고개를 끄덕였다.

'반응들이 괜찮아서 다행이네.'

생각보다 분위기가 좋다.

이 분위기가 끝까지만 이어지면 행사는 성공적으로 마칠 수 있으리라.

그때 누군가 대한에게 다가왔다.

"김 중위님은 안 드세요?"

누군가 했더니 이연희였다.

그 말에 대한이 얼른 대답했다.

"아, 전 괜찮습니다. 도련님 봐야 돼서요."

대한이 자신의 품에 안겨 있는 도련님을 가리키자 합죽이를 유지하고 있던 도련님이 이연희를 보며 말했다.

"누나는 누구야? 삼촌 여자 친구?"

그 순간, 근처에 있던 간부들…….

예컨대, 여진수와 박희재, 그리고 이원영.

그리고 대한이까지 모두의 시간이 멈췄다.

뒤늦게 정신 차린 대한이 얼른 부정했다.

"도, 도련님, 그런 말하면 큰일 나. 이거 안 준다?"

"안 돼!"

대한이 녹색 견장을 가리키며 말하자 도련님이 얼른 다시 입을 다문다.

그러자 여진수를 비롯한 주변 간부 몇몇이 안도의 한숨을 내쉬었고 박희재가 이원영의 옆구리를 찌르며 킬킬 웃었다.

"어때, 연희 남자 친구로 대한이는?"

"……시끄럽다."

"왜, 대한이 별로냐? 너 지금 이렇게 말한 거 대한이한테 이른다?"

"이 자식이……!"

허허. 다 들립니다, 지휘관 여러분.

대한이 못 들은 척 얼른 화제를 전환했다.

그도 그럴 게 대한의 기억에 따르면 이원영의 딸 사랑은 대단하다고 들었으니까.

'좋은 상관은 좋은 상관이고 아버지는 아버지지.'

이쁜 딸을 가진 아버지들은 대개 무섭다.

그렇기에 대한은 살고 싶었다.

대한이 말했다.

"전 괜찮으니까 얼른 드세요. 병력들 솜씨가 꽤 괜찮습니다."

"보고 있는데 아직은 땡기는 게 없네요."

"그래도 마지막 요리는 기대하셔도 좋으실 겁니다."

"왜요?"

"마지막에 나올 요리가 지난번 대회에서 우승한 병사의 요리거든요."

"오, 그럼 기대해도 돼요?"

"물론입니다."

얼마 뒤, 참석자들의 배가 슬슬 찰 때쯤 마침내 마지막 순서인 전찬영의 요리가 나오기 시작했다.

그런데…….

"제가 만든 요리는 고등어를 이용한 요리입니다."

고등어라는 말에 간부들이 눈치를 보기 시작했다.

군대에서 고등어는 선호도가 가장 낮은 재료들 중에 하나였으니까.

심지어 순살조림이었다.

대한의 미간이 좁혀졌다.

'하필이면 고순조라니.'

이래서 비밀로 했던 거냐?

고등어라는 말에 대한도 눈치를 볼 수밖에 없었다.

이연희의 표정이 별로 좋지 않았기 때문이다.

그도 그럴 게 군인의 딸인 그녀가 고등어의 악명을 모를 리가 없었으니까.

고순조를 본 이연희가 말했다.

"기다하라고 하시더니 고등어네요?"

"하하…… 그래도 맛은 다를 겁니다. 지난번 요리도 카레였으니까요."

말은 그렇게 했지만 사실 대한도 자신이 없었다.

다른 것도 아니고 고등어였으니까.

대한이 전찬영을 향해 원망의 눈빛을 보내자 대한의 시선을 느낀 전찬영은 도리어 얼른 먹어 보라는 시늉을 했다.

저 자신감에 찬 눈빛.

그래, 한 번만 더 믿어 보자.

'찬영아, 너만 믿는다.'

이윽고 시식이 시작됐다.

대한도 도련님을 여진수에게 넘겨준 뒤 시식을 시작했다.

잘 지은 쌀밥에 고등어순살조림.

하지만 아무리 봐도 비주얼이 내가 아는 그 고순조였다.

그런데 그때, 고등어를 뒤적이던 이연희가 의외라는 듯이 말했다.

"근데 이거…… 비린내도 하나도 안 나고 아주 잘 익힌 것 같은데요?"

그런가?

아무리 그래도 고순조가 고순조지 뭐…….

그리 생각하며 고순조를 젓가락으로 한 입 먹은 순간이었다.

'어?'

입에 고순조를 넣은 대한의 눈이 일순 커졌다.

'뭐야 이거?'

내가 아는 그 고순조 맞아?

대한이 놀란 눈으로 전찬영을 쳐다보자 전찬영이 입꼬리를 씩 올리더니 조용히 엄지를 치켜들었다.

자식.

왜 저렇게 여유만만하나 했더니 넌 계획이 다 있었구나?

그때쯤 여기저기서 다른 사람들의 감탄이 흘러나왔다.

"와, 고등어 살 쫀득한 거 봐."

"밥도 그냥 밥이 아닌 것 같은데?"

"이거 진짜 내가 아는 그 고순조 맞냐?"

"가슴이 웅장해지네."

사람들의 환호에 대한이 가슴을 쓸어내리며 이연희에게 말했다.

"괜찮죠?"

"그러게요, 이래서 선입견이 무서운가 봐요."

이윽고 참석자들 대부분이 접시를 싹 비우자 그중에서도 특히나 만족한 이원영이 전찬영에게 물었다.

"이거 대량조리 가능한가?"

"예, 가능합니다. 철판만 있으면 병사들이 모두 먹을 식사로 만들 수 있습니다. 레시피도 간단하게 만들었고 숙련된 취사병이 아니라도 쉽게 만들 수 있습니다."

전찬영의 시원시원한 대답에 이원영이 흡족함을 표했다.

"역시 저번 대회 우승자는 다르구만."

이원영의 말에 맛을 본 인원들 모두 박수를 치기 시작했고 전찬영이 경례를 하고 취사장으로 돌아갔다.

이윽고 고종민이 평가표를 종합하기 시작했는데 그때, 여진수에게 안겨 있던 도련님이 억울하다는 듯이 외쳤다.

"나 이거 더 먹을래!"

"왜에? 요리는 한 사람당 하나뿐이야."

"그런 게 어딨어! 나 대한이 삼촌이 조용히 있으라고 해서 아무것도 못 먹었단 말이야!"

그 말에 식당이 웃음바다가 됐다.

"아, 이건 대한이가 잘못했네."

"된장국은 좀 남았는데 줄까?"

"나가서 삼촌한테 소고기 사 달라고 해."

그 말에 대한이 얼른 취사장으로 가서 여분의 음식을 가지고 와 여진수에게 건넸다.

다행히 딱 1인분이 남아 있었다.

여진수가 음식을 받으며 미안한 투로 말했다.

"미안하다, 내가 나중에 밥 한번 살게."

"괜찮습니다. 과장님이 더 고생이십니다."

다행히 도련님은 맛있게 먹기 시작했고 그 모습을 본 대한이 한숨 돌리며 자리에 앉았다.

그때 옆에 앉아 있던 이연희가 말했다.

"혹시 음식 더 남았어요?"

"네?"

"저도 김 중위님 말만 믿고 마지막 요리만 기다렸거든요. 근데 양이 많이 모자라네요."

"네, 네?"

그 말에 대한은 순간 억울함을 느꼈다.

이게 왜 내 탓이야…….

당신이 끌리는 거 없다고 안 먹었잖아.

대한이 당황하자 이연희가 웃었다.

"괜찮아요. 없으면 어쩔 수 없죠. 하지만 오늘 못 먹은 밥, 다음에 중위님이 사세요."

"제, 제가요?"

"왜요, 싫어요?"

"아, 아닙니다! 지금 바로 준비해 오겠습니다!"

자리에서 벌떡 일어나 다시 취사장으로 튀어 가는 대한.

대한은 전찬영에게 1인분 추가 조리를 부탁했고 다행히 재료가 남은 걸 확인하자마자 그 소식을 이연희에게 알렸다.

"다행히 재료가 좀 남았다네요."

그 말에 이연희가 어이없다는 듯 대한을 잠깐 쳐다본 후 말했다.

"……그래요. 식사는 제대로 하겠네요."

"예, 정말 다행입니다."

그 광경을 지켜보던 박희재가 실실 웃으며 이원영의 옆구리를 찔렀다.

"쟤들 봐라, 잘 어울리지 않냐?"

"그러네, 잘 어울리…… 아니, 뭔 소릴 하는 거야. 흠흠, 그보다 이번에도 대대에서 우승자가 나올 것 같지?"

대답하기 싫은 질문에 이원영이 얼른 화제를 돌린다.

그 모습에 박희재가 쿡쿡 웃으며 장단을 맞춰 주었다.

"마지막 차례였는데도 이 정도 반응이면 거의 확정이지, 뭐. 특히 진수 아들 봐라. 환장하고 먹는다."

그 말에 이원영과 박희재가 여진수의 아들을 흐뭇하게 바라봤다.

그러다 박희재가 이내 이원영을 쳐다보며 말했다.

"그나저나 우리 내기 했던 거 기억나지?"

"……우리가?"

"이것 봐, 또 질 것 같으니까 기억 안 나는 척 하기는. 육사가 이래서야 되겠냐? 우리가 언제 이런 거에 내기 안 한 적 있어?"

틀린 말은 하나도 없었다.

이원영도 분명 기억하고 있었고 이번 내기도 술값 내기였다.

다만 근래에 이겨 본 적이 없어 속이 쓰려 모른 척 한 것일 뿐.

이원영이가 미간을 좁히며 말했다.

"하…… 이번엔 분명히 이길 수 있었는데…….."

"그러게, 너희 단에 에이스 하나 있다며? 저번에는 휴가 가느라 못 나왔고 이번에는 어디 갔냐? 또 휴가 갔냐?"

"아니, 이번엔 회관 관리병으로 차출돼서 갔다."

"갑자기?"

"간부 식당에 보내 놨더니 간부들이 소문을 낸 건지 장성 하나가 연락 와서 부탁을 하더라. 어쩌겠냐. 보내야지."

그 말에 박희재가 킬킬 웃는다.

그놈. 누군진 모르겠지만 참 고맙다.

두 사람이 투닥 하는 사이 종합을 마친 고종민이 참석자들을 향해 말했다.

"자, 드디어 결과가 나왔습니다. 먼저 3등부터 발표할 것이고 3등 수상자는 총 세 명입니다. 바로 호명하겠습니다. 먼저 단 장비중대 소속 상병……."

3등을 한 취사병들에게는 1박 2일의 휴가가 주어졌다.

2등은 총 2명으로 2박 3일의 휴가가 주어졌고 마침내 대망의 1등 차례가 되었다.

"그럼 1등 발표하겠습니다. 단 요리 대회에서 첫 우승을 차지할 영광의 병사는…… 악명 높은 식재료인 고등어를 완벽하게 재창조해 낸 1중대 상병 전찬영입니다!"

당연한 결과였다.

다들 예상하고 있었는지 놀라지는 않았다.

하지만 모두 자기가 우승한 일인 양 큰 박수를 보내 주었다.

"부상으로 3박 4일의 포상 휴가가 주어지겠습니다."

3박 4일의 포상 휴가.

상을 받은 전찬영이 이원영을 향해 우렁차게 경례했다.

이원영은 전찬영을 격려하며 기념사진을 촬영했고 고종민이 빠르게 행사를 마무리했다.

행사는 대성공이었다.

기분 좋게 배를 채운 간부들과 가족들은 색다른 경험에 크게 만족하며 슬슬 떠날 준비를 했다.

그리고 대한은 행사가 마무리되기 무섭게 아까 주문한 요리를 받아 이연희에게 다가갔고 그것을 본 이연희가 말했다.

"이렇게 빨리 끝날 줄 알았으면 그냥 안 먹는다고 할 걸 그랬네요."

이연희는 빠져나가는 사람들을 보며 고개를 저었다.

허나 그렇다고 젓가락을 내려놓진 않았다.

전찬영의 고순조는 이런저런 이유들을 차치해서라도 먹어야 할 만큼 엄청난 진미였으니까.

그 사이, 사람들은 무서운 속도로 빠져나가기 시작했고 대한은 그녀가 민망해하지 않도록 옆에 앉아 자리를 지켜 주었다.

이연희도 그런 대한을 흘끔 보고는 이내 식사에 집중했다.

그로부터 얼마 뒤, 부하들을 먼저 보낸 이원영이 아내와 함께 이쪽으로 다가왔다.

그러더니 꽤나 신기한 눈초리로 이연희에게 물었다.

"네가 웬일이냐, 늦게까지 밥을 다 먹고? 고등어가 입맛에 맞나 보네?"

그 물음에 이연희가 뾰로통한 표정으로 대답했다.

"아빠 부하가 나 먹으라고 하나 더 만들어 와서 악기바리? 무튼, 부조리 하고 있어."

그 말에 이원영이 대한을 쳐다봤고 대한이 번개같이 일어나 손을 내저었다.

"아, 아닙니다! 절대 아닙니다, 단장님! 오해십니다!"

그 모습에 이원영이 크게 웃음을 터뜨렸다.

"자식이, 내 앞에서도 말 안 더듬는 놈이 애 앞에선 왜 이렇게 말을 더듬냐?"

"따님 앞이라서기보단 그저 당황해서 그런 것뿐입니다……."

대한이 얼른 이연희를 보며 말했다.

"배부르면 말씀하시지 그러셨습니까."

"당연히 농담이죠. 저 배고팠어요."

쿡쿡 웃는 이연희.

그녀는 얼마 지나지 않아 식사를 마쳤고 이원영네 가족도 슬슬 부대 떠날 준비를 했다.

이윽고 차가 출발하기 전, 사모가 배웅 온 대한에게 한 번 더 감사를 표했다.

"오늘 만나서 즐거웠어요. 그리고 다시 한번 더 고마워요. 혹시라도 단장님이 못 살게 굴면 저한테 바로 전화해요. 내가 한 방에 해결해 줄 테니까."

그 말에 대한이 미소를 지으며 답했다.

"예, 알겠습니다. 바로 연락드리겠습니다. 사모님도 늘 건강하시길 바라겠습니다."

이윽고 사모까지 차에 탑승하려던 순간이었다.

멀리서 여진수가 아들과 함께 뛰어왔다.

작전과장으로서 단장을 배웅하기 위함이었다.

그러나 도련님은 다른 의미로 뛰어왔다.

"삼촌! 나 그거 줘!"

"아, 맞다."

도련님의 목적은 따로 있었다.

대한은 어깨에 있는 녹색 견장을 빼서 도련님의 손에 쥐어 주었다.

그러자 도련님은 그제서야 만족하는지 배시시 웃으며 여진 수에게 안겼고 여진수가 피곤에 찌든 얼굴로 대한에게 말했다.

"오늘 계속 미안하다."

"……그 짧은 시간에 너무 많이 늙으신 거 아닙니까?"

"너도 애 생겨 봐라. 애 없으면 이백 살까지도 살 수 있을 걸."

그 말에 이원영이 씩 웃으며 말했다.

"아이구, 우리 연희도 저런 때가 있었는데."

"그쵸. 연희도 이제 컸으니까 조용하지 원래는 얼마나 시끄 러웠는데."

"아, 무슨 소릴 하는 거야! 내가 언제!"

꽥 소리를 지르는 이연희.

그러더니 민망한지 화제 전환을 위해 열린 뒤 창문을 통해 대한에게 물었다.

"그나저나 그런 거 막 줘도 돼요?"

아마 상관없을 것이다.

견장이 뭐 그리 대단한 거라고.

심지어 육군 소령 아들한테 줬는데 무슨 문제가 될까.

대한이 피식 웃으며 답했다.

"졌다기보단 새로운 시대에 놓고 온 겁니다."

"그게 뭐야⋯⋯."

대한의 농담이 재미없었는지 이연희가 뒷자리에 폭 파묻혔고 이원영이 씩 웃으며 대한에게 말했다.

"오늘 통제하느라 고생했다. 다음 주에 보자."

"예, 단장님. 조심히 올라가십쇼."

"그래, 쉬어라."

"충성!"

이원영은 기분 좋게 대한의 경례를 받는 그대로 위병소를 빠져나갔다.

그렇게 서울로 올라가는 길.

이원영이 룸미러로 딸을 힐끗 보며 물었다.

"대한이는 좀 어떠냐, 애가 좀 괜찮지?"

그 물음에 이연희가 휴대폰에서 눈을 떼지 않고 대답했다.

"눈치도 없고 개그도 재미없지만 그래도 나쁘진 않던데?"

그 말에 이원영과 사모가 눈을 맞추고는 조용히 웃기 시작했다.

※

요리 대회가 끝나고 다음 주.

이원영이 일과를 하던 대한을 호출했다.

단에 도착한 대한은 복도에서 정우진을 만났다.

"충성. 중대장님은 여긴 어쩐 일이십니까?"

"그건 내가 묻고 싶은 말인데? 난 단장님이 부르셔서 왔지."

"저도 단장님께서 부르셨습니다. 저희 둘을 호출하신 걸 보니 아무래도 특급전사 때문인 것 같습니다."

"아, 특급전사가 있었지? 다행이네, 난 또 윤지호 때문에 호출하신 줄 알았잖아."

그렇군.

금쪽이 때문일 수도 있었겠어.

하지만 이젠 더 걱정하지 않기로 했다.

윤지호는 충분히 사람이 되었으니까.

대한이 웃으며 말했다.

"그래도 이젠 예전처럼 막 나가진 않을 겁니다."

"그러길 바라야지. 내 군 생활 중에 그놈이 가장 힘들었다."

그 말에 대한은 새삼스레 정우진의 군 생활이 부러워졌다.

출신이 달라서 그런가, 대한과는 비교도 할 수 없을 만큼 좋은 환경에서 군 생활을 한 것 같아서였다.

'나도 이제라도 잘 풀리니 됐지, 뭐.'

이윽고 단장실에 들어간 두 사람.

그런데 단장실에는 전혀 예상치 못한 인물이 먼저 와 앉아 있었다.

현정국이었다.

"어, 왔냐. 와서 앉아라."

이원영이 자리를 권하자 두 사람은 현정국의 맞은편에 앉았다.

설마 단에 하나 있다던 특급전사가 마익형이 아니고 현정국이라고?

뭔가 상황을 보니 맞는 것 같았다.

그도 그럴 게 축구 사건 이후로 이원영을 피해 다니던 현정국이 이리 당당해 보이는 건 또 처음이었으니까.

근데 현정국이 그만한 실력자였던가?

이윽고 이원영이 세 사람에게 프린트를 나눠 주었다.

아니나 다를까, 특급전사를 달성한 간부들을 대상으로 최정예 전투원을 뽑는다는 작전사에서 보낸 공문이었다.

거기에는 상세한 평가 내용들이 적혀 있었는데 세 사람을 지켜보던 이원영이 웃으며 말했다.

"이번 기회에 에이스들을 확실하게 밀어주려고 하시는 것 같더라."

그 말에 대한이 고개를 끄덕였다.

그도 그럴 게 최근 소령 진급 대상자들이나 장기 선발 대상자들이 워낙 준비를 잘한 탓에 여러모로 선별 작업에 애로사항을 겪고 있었기 때문.

그러던 차에 이런 평가가 생긴다면 여러모로 선발에 확실한 도움이 될 터.

'근데 선발이 어디 뭐 쉽나.'

절대 아니었다.

기존의 간부 자격 인증 평가 같은 경우엔 약간의 미흡사항이 있어도 유도리 있게 특급전사가 될 수 있었지만 이번 평가는 절대 아니었다.

약간의 실수로도 바로 탈락시킨다고 공문에 명시되어 있었기 때문.

대한이 공문을 보며 기억을 더듬어 보았다.

'특히 화생방이 어려웠다고 했던 게 기억이 난다.'

같은 부대에 4번째 도전을 하던 부사관 하나가 화생방에서 몇 번의 고배를 마셨다.

큰 실수도 아니었다.

장착한 보호장비의 끈이 튀어나왔다는 게 탈락의 이유였다.

대한은 그 부사관이 떨어지는 걸 보고 빠르게 포기했다.

체력도 모자란데 평가 기준도 깐깐한 걸 보니 당시엔 도저히 승산이 없다고 판단되었기 때문이다.

하지만 지금은 그 정도는 아닐 게 분명했다.

'그때는 이미 많은 평가를 치르고 데이터가 쌓인 상황이었고 지금은 완전 처음이니까.'

쉽게 말해 평가를 하는 사람들도 모두 처음이라 미흡한 점이 많을 것이라는 말.

그러니 최정예 전투원이 되려면 지금이 아주 좋은 기회였다.

어차피 군대에서 주는 자격은 한번 취득하면 갱신이 필요 없었고 결국 장군까지 이어질 것이 분명했으니까.

살뜰히 공문을 살피는 세 사람을 보며 이원영이 흐뭇한 표정으로 말했다.

"최선의 모습을 보여 줄 수 있도록 부대 차원에서 환경을 만들어 주라고 하더라. 그러니 혹시라도 필요한 거 있으면 언제든지 편하게 말해. 최대한 지원해 줄 테니까."

필요한 거라…….

연습할 장비가 없는 것은 아니었으니 굳이 필요한 게 있다면 시간 정도뿐.

그도 그럴 게 일과까지 소화해 가며 평가까지 준비하기엔 이번 평가의 난이도가 너무 높았으니까.

하지만 여기서 이원영에게 시간을 따로 빼 달라고 말할 사람이 어디 있을까?

현정국은 죄 지은 게 많아 이원영의 눈치를 봐야 했고 정우진은 육사 후배로서 패기를 보여 줘야 했다.

그러니 굳이 의견을 내야 한다면 대한이 낼 수밖에 없을 터.

하지만 선배들도 각자의 사정으로 입을 다물고 있는데 여기서 가장 낮은 계급인 자신이 어찌 말할 수 있을까?

세 사람이 아무런 대답도 하지 않자 이원영이 웃으며 말했다.

"다들 자신감이 대단하구만? 연습할 시간이 많이 없는 것 같아 좀 걱정이긴 하지만 오히려 이게 나을 수도 있어. 평가를 연달아 치르는 게 감각을 유지하는 측면에선 좋아 보이니까. 그런 의미에서 평가 항목들을 보니 급속행군이 제일 어려워 보이던데, 다들 오늘 일과가 어떻게 되나?"

이원영의 말대로 연습을 한 번도 안 했던 건 급속행군뿐이었다.

급속행군이란 말에 세 사람의 표정이 조금 어두워졌다.

그도 그럴 게 급속행군은 군장의 무게만 30kg에 달했으니까.

그러니 다른 건 몰라도 급속행군 연습만큼은 부대에서 도움을 줘야 했다.

무거워서 도움을 받으려는 게 아니었다.

혹시 모를 응급 상황 대기 때문에 도움을 받아야 하는 것이었다.

'사람 일 어떻게 될지 모르는 거니까.'

훈련도 연습도 좋았지만 사람 일 어떻게 될지 모른다고 뭐가 됐든 안전이 최우선이었다.

특히 급속행군처럼 부상 위험이 높은 훈련이라면 더더욱이 말이다.

그래서 이원영이 먼저 이야기를 꺼낸 것.

그 물음에 현정국이 먼저 답했다.

"일과 내에 급하게 처리할 만한 건 전부 다 처리하고 왔습니다."

"그래? 요즘 작전장교가 일을 아주 잘하고 있구만. 나머지는?"

정우진도 딱히 할 건 없었다.

그가 고개를 끄덕이며 말했다.

"소대장들에게 임무 지시만 내리면 저도 시간 괜찮습니다."

"하긴 슬슬 중대장 대리 임무 시켜도 마음 편할 때가 되긴 했지. 그럼 30분 뒤에 군장 챙겨서 단 사열대 앞으로 모여라. 군의관 대기 시켜 놓고 통제 인원들 배치해 놓을 테니."

잠깐. 나는 왜 안 물어보는데?

대답을 준비하던 대한이 어색하게 웃자 그것을 본 이원영이 피식 웃으며 말했다.

"넌 중대장한테 보고하고 그냥 올라와."

"……예, 알겠습니다."

"왜, 너도 일과 뭐 있는지 물어봐 줘?"

"아, 아닙니다. 괜찮습니다."

"그래, 소대장이 무슨…… 단장이 부르면 그냥 나오는 거지."

맞는 말이다.

부대에서 제일 높은 양반이 나오라는데 당연히 나와야지.

이어서 이원영이 세 사람에게 말했다.

"자자, 날씨 더 뜨거워지기 전에 얼른 해 보자. 다들 빨리 준비해서 나와."

"예, 알겠습니다!"

세 사람은 공문을 챙겨 빠르게 단장실에서 나왔다.

그리고 각자 군장을 챙겨 사열대로 모였고 군장을 내려놓자마자 몸을 풀기 시작했다.

그때, 현정국이 은근한 어조로 정우진에게 말했다.

"정우진이 연습 좀 했었나 봐? 우리 부대에선 나 빼고 아무도 특급전사 못 할 줄 알았더니 대대에서 체면 지켰네."

"아, 딱히 연습한 건 없습니다."

정우진이 담백하게 대꾸했으나 정우진은 믿지 않는다는 듯 정우진을 비웃으며 말했다.

"육사 자존심 지키는 거냐? 연습했으면 그냥 했다고 하면 되지, 뭔 놈의 똥가오는…… 하여튼 정이 안 가는 놈이야."

그 말에 정우진은 무어라 대답하려다 이내 말았다.

정말로 연습 안 했지만 말한다고 현정국이 믿을 리가 없었으니까.

이윽고 현정국이 대한을 보며 말했다.

"김대한이."

"중위 김대한."

"넌 운도 좋다. 평가관들이 많이 봐줬나 봐?"

봐주긴 뭘 봐줘?

심심한가, 왜 자꾸 시비지?

하지만 어디 똥이 무서워서 피하나 더러워서 피하지.

대한도 마찬가지로 비지니스용 미소를 장착한 채 대답했다.

"예, 계급이 낮아서 많이 봐주신 것 같습니다."

"이번에는 안 봐줄 것 같으니까 확실하게 준비해라. 괜히 어설프게 해서 공병단 쪽팔리게 하지 말고. 알겠냐?"

"예. 알겠습니다."

"뭐 모르는 거 있으면 정우진이한테 물어보고 그것도 부족하다 싶으면 나한테 와라. 바쁘지만 네가 찾아와서 물어보는 거라면 내가 특별히 알려 줄 의향은 있다."

으음.

개소리가 참 구수하군.

내 선에서 해결 안 되면 너도 해결이 안 될 텐데 그럴 일이야 있겠냐?

내 짬밥이 얼만데⋯⋯.

그러나 대한은 그런 말을 꾹 삼킨 채 마저 몸을 풀었다.

이윽고 이원영이 병력들과 함께 사열대로 나왔다.

이원영이 병력들이 들고 온 저울을 가리키며 말했다.

"작전장교부터 군장 올려 봐라."

"예, 알겠습니다."

현정국이 의기양양한 모습으로 자신의 군장을 저울 위에 올렸다.

그런데 30kg이어야 할 군장은 27kg밖에 되지 않았다.

그것을 본 현정국이 크게 당황했고 이원영이 고개를 기울였다.

"군장을 이렇게나 꽉 채웠는데도 무게가 모자라나?"

군장은 이미 터질 것 같았다.

그 말에 현정국이 당황하며 얼른 대답했다.

"구, 군장을 바꿔 오겠습니다."

"군장이야 다 똑같을 텐데 바꾼다고 뭐가 달라지나?"

이원영도 곤란한 듯 고민을 시작했고 그 순간, 대한이 씨익 웃으며 손을 들었다.

"단장님, 잠시만 기다려 주시면 제가 해결해 보겠습니다."

"어떻게?"

"3분만 기다려 주십쇼. 그동안 막사에 좀 다녀오겠습니다. 작전장교님, 그동안 군장에서 모포만 좀 빼 주시면 감사하겠습니다."

말을 마친 대한은 얼른 막사로 뛰어 들어갔다.

그리고 다시 돌아온 대한의 손에는 다름 아닌 덤벨이 들려져 있었다.

그것을 본 이원영이 감탄하며 말했다.

"아, 덤벨이 있었네. 저거면 충분하지. 모포는 부피 때문에 빼라고 한 거냐?"

"예, 모포가 공간을 많이 잡아먹지 않습니까. 그리고 모포 무게를 제외해도 충분할 만큼의 무게로 들고 왔습니다."

대한은 군장에 바로 덤벨을 집어넣은 후 다시 저울 위에 군장을 달았다.

그런데 이번엔 다른 문제가 생겼다.

"……35㎏?"

이번엔 무게가 5㎏나 초과해 버린 것.

현정국이 크게 당황하자 대한도 덩달아 당황스러운 표정으로 대답했다.

"덤벨이 이것뿐이라 이걸 들고 왔는데 무게가 초과될 줄은 몰랐습니다."

"덤벨이 이것뿐이라고? 그럴 리가 없을 텐데?"

"정말입니다."

"……그래?"

그 순간, 이원영이 웃으며 물었다.

"왜, 자신 없나? 고작 5㎏ 차이인데?"

"아, 아닙니다! 연습이니까 더 무겁게 해 보겠습니다!"

"좋은 생각이다, 작전장교."

이원영의 격려에 더는 불평도 못 하게 생겼다.

이어서 정우진의 군장이 올라갔고 저울은 정확히 30㎏ 눈금을 가리켰다.

대한도 마찬가지였다.

그것을 본 이원영이 신기하다는 듯 말했다.

"작전장교랑 비슷하게 싼 것 같은데 어떻게 둘 다 정확하게 30㎏이 나오지? 대대 군장은 프레임이 좀 더 무겁나?"

그 말에 대한이 웃으며 자신의 군장을 열어 보였다.

"군장은 같습니다. 그저 미리 군장 무게를 재어 보고 딱 맞춰 왔을 뿐입니다."

열어 보인 군장 속에는 분홍색 덤벨들이 가득했다.

그리고 그것을 본 현정국의 눈이 일순 접시처럼 커졌다.

'너, 이 개새……'

덤벨이 왜 없나 했더니 너 때문이었냐?

현정국의 표정이 딱 그랬다.

그러나 현정국은 대한에게 뭐라고 하기도 전에 이원영에게 쓴소리를 들을 수밖에 없었다.

그도 그럴 게 밑에 놈들도 맞춰 온 군장 무게를 선배란 놈이 못 맞춰 왔으니까.

이윽고 군장을 메고 출발선에 서서 군의관을 기다리고 있을 때, 입을 꾹 다물고 있던 현정국이 그제서야 입을 열었다.

"야, 정우진이."

"예, 작전장교님."

"미리 전화 좀 주지 그랬냐, 군장이 30㎏가 안 된다고."

"저도 몰랐습니다. 대한이가 알려 줘서 뒤늦게 확인하고 급히 맞춰 온 겁니다."

정우진이 자연스럽게 책임을 대한에게 토스한다.

호오, 이 양반 봐라.

커버 안 해 준다 이거지?

그래도 나름 이해는 됐다.

'나 같아도 재랑 말싸움하기 싫겠다.'

짬 차이가 많이 나는 대한이야 가만히 대답만 하면 됐지만 둘 다 곧 소령인 마당에 누가 누굴 가르치겠나.

정우진이 현정국에게 뭐라고 할 수도 없었기에 그냥 대한에게 토스를 한 것.

그래서 대한도 나름대로 방어술을 펼쳤다.

최대한 당연하다는 듯한 말투와 목소리로.

"저도 공문에 군장이 30㎏라고 적혀 있어서 미리 달아 보고 알게 됐습니다."

적혀 있는 대로 실시하는 건 기본 중에 기본이 아니던가.

다시 말해 대한은 공문을 핑계로 현정국에게 기본도 안 된 놈이라고 돌려 까기를 시전한 것.

그러나 현정국은 기대 이상의 멍청이였다.

"야, 확인을 했으면 나한테 보고를 했어야지. 팀워크가 이렇게 안 좋아서야 결과가 좋겠어? 어?"

어휴, 저 등신.

지 욕하는 줄도 모르고 팀워크 타령이나 하고 앉아 있네.

괴물을 상대하려면 괴물이 되어야 하고 바보를 상대하려면 바보가 되어야 한다.

하지만 대한은 같은 바보가 되고 싶지 않아 얼른 대답했다.

"죄송합니다. 다음에는 말씀드리겠습니다."

"하…… 중위 달았으면 알아서 해야지. 내가 이런 것까지 알려 줘야 해? 조직 생활에는 팀워크가 제일 중요한 거야. 너처럼 이기적으로 행동하면 금방 나가리 되는 거고. 알아?"

"예, 명심하겠습니다."

"대답만 하지 말고 자식아. 넌 혓바닥으로 군 생활하려는 경향이 있어."

"아…… 그렇습니까?"

"그래, 군인은 행동으로 보여야 하는 거야. 그나저나 시계 챙겨 왔어?"

"예, 챙겨 왔습니다."

"페이스 조절해서 뛰자. 시간 분배 잘해. 알겠냐?"

점입가경이었다.

이거 개인 평가야, 등신아.

하지만 더는 말을 섞고 싶지 않아 대강 대답하고 조용히 정우진에게 질문했다.

"혹시 중대장님도 같이 맞춰 뛰실 겁니까?"

"뭐…… 그래야지."

현명하군.

기존의 페이스대로 움직이면 너무 빠르다고 현정국이 투정 부릴 게 뻔했으니까.

두 사람이 조용히 고개를 끄덕이자 이내 이원영이 외쳤다.

"준비 됐냐?"

"예! 준비됐습니다!"

"좋아, 20km에 3시간이 기준이니까 오늘은 10km에 1시간 30분을 뛰는 것을 목표로 하자. 오케이?"

"예! 알겠습니다!"

대한은 빠르게 머리를 굴렸고 이내 손목시계에 80분을 세팅했다.

'더 빠르게 완주해야 연습이 되지.'

한 바퀴에 600m인 주둔지를 16바퀴 반이나 돌아야 했다.

대한도 익숙하지 않은 상황에 약간은 긴장이 됐다.

그러자 정우진이 대한에게 다가와 웃으며 말했다.

"긴장되냐?"

"솔직히 긴장됩니다. 처음이지 않습니까."

"넌 나보다 잘 뛰잖아. 그러니까 긴장 안 해도 돼. 편하게 뛰어."

"아…… 감사합니다!"

생각해 보니 그랬다.

정우진은 무조건 합격일 텐데 난 정우진보다 더 잘 뛰잖아?

덕분에 긴장이 확 풀렸다.

이윽고 급속행군이 시작됐고 세 사람은 군장을 메고 조깅하듯 뛰기 시작했다.

그러기를 1시간.

대한은 시계를 확인하고는 고개를 갸웃했다.

'시간 설정을 잘못했나?'

3바퀴 남은 시점에서 30분이 넘게 남아 있었다.

대한의 뒤에 붙어 있던 정우진이 물었다.

"얼마나 남았냐?"

"30분 정도 남았습니다."

"흠, 생각보다 많이 남았네. 왠지 그럴 것 같더라. 원래 행군 속도보다 훨씬 빨리 뛰었으니 어찌 보면 당연한 거지."

그렇군. 경보 속도로 걷던 급속행군을 조깅하듯 뛰었으니 어찌 보면 당연한 결과였어.

그러나 체력에 여유가 있는 두 사람과는 달리 현정국은 거의 죽을 지경이었다.

슬슬 거리가 벌어지자 현정국이 외쳤다.

"야야! 어디가! 팀워크 몰라?!"

그 한심한 목소리에 대한은 뒤도 돌아보지 않고 정우진에게 말했다.

"평가는 개인전인데 왜 자꾸 팀워크를 강조하시는지 모르겠습니다."

"원래 팀 스포츠 하던 분이잖아."

"그냥 놔두고 뛰어도 되겠습니까?"

"난 괜찮아. 네가 문제지."

그 말에 대한이 황당하다는 듯 정우진을 쳐다보자 정우진이 피식 웃으며 말했다.

"난 육사라 원래 팀워크가 없어."

그 말과 함께 정우진이 빠르게 대한을 앞질러 나가기 시작했다.

※

급속행군이 끝났다.

세 사람의 결과를 본 이원영은 더 이상의 연습은 무의미하다고 판단했다.

군장이 무거웠던 현정국도 15분을 남기고 들어왔고 두 사람은 20분이나 남겼으니까.

이원영이 세 사람에게 칭찬과 격려를 해 준 뒤 단장실로 들어가자 현정국이 대한을 따로 불렀다.

그리고 팀워크에 대한 교육을 한참 동안이나 받아야 했고 눈치 빠른 정우진은 이미 그 자리를 벗어난 지 오래였다.

'젠장, 이래서 계급 낮을 때가 서럽다니까.'

꼬우면 군대 빨리 오란 말이 참 싫어지는 순간이었다.

잔소리에서 겨우 벗어난 대한은 얼마 뒤 흡연장에서 편히 흡연하고 있는 정우진을 발견할 수 있었다.

대한을 발견한 정우진이 피식 웃으며 말했다.

"일찍 왔네? 한참 붙잡혀 있을 줄 알았더니."

대한이 지친 기색으로 군장을 바닥에 던져 놓고 정우진 옆에 앉았다.

"중대장님이 팀워크를 생각해서 옆에 조금이라도 있어 주셨다면 더 일찍 올 수 있었다는 생각이 듭니다."

"작전장교님한테 좋은 거 배웠네. 난 아직 그런 거 잘 몰라 가지고. 육사잖아."

조용히 웃는 정우진.

그 모습에 대한도 웃음을 터뜨릴 수밖에 없었다.

'참 재밌는 양반이라니까.'

대한이 정우진 옆에 앉아 휴식을 취하고 있을 때였다.

별안간 대한의 휴대폰이 울리기 시작했다.

그런데 대한이 선뜻 전화를 받지 못하자 정우진이 의아하다는 표정으로 말했다.

"왜? 받아. 난 괜찮아."

"그, 그게 아니라……."

"왜?"

"그…… 참모장님 전화입니다."

"……작전사 참모장님?"

"예."

"무, 뭐해! 빨리 받아! 뭐 하는 거야?!"

정우진은 재촉과 동시에 주위 병사들에게 조용히 하라고 소리쳤고 대한은 얼른 전화를 받았다.

"충성! 중위 김대한, 참모장님 전화 받았습니다."

전화를 받자 수화기 너머로 최한철의 목소리가 들렸다.

-준비 잘하고 있나, 김 중위?

"예! 조금 전에 급속행군도 했고 결과도 양호합니다!"

-벌써 해 봤다고?

"예, 저희 단장이 특급전사들 모아서 실시했습니다."

-역시, 확실하구만?

최한철은 이원영이 마음에 드는 듯 웃기 시작했다.

그러고는 대한에게 물었다.

-급하게 준비하긴 했어도 작전사에서 신경 쓰는 거니까 제대로 준비해 봐. 알겠지?

"예, 최선을 다하겠습니다."

-하하, 그래, 또 뭐 불편한 건 없고?

불편한 거라…….

있긴 했다.

그것은 바로 준비 시간.

그도 그럴 게 대한이 느끼는 불편함은 평가를 준비하면서 일과까지 소화해야 되서 그런 것이었으니까.

근데 그런 사실을 거론했다간 약한 소리한다고 까일 게 뻔했다.

하지만 현실적으로 따로 준비할 시간이 필요한 건 사실이었다.

왜냐하면 이번 평가는 따지고 보면 개인의 이득보다는 집단의 명예 때문에 강제로 준비하고 있는 것이나 마찬가지였으니까. 그 증거로 참모장까지 친히 전화를 해 부담을 주고 있었다.

그러니 이런 일일수록 더더욱 개인의 시간을 할애하는 건 부당하다고 생각했다.

'난 괜찮지. 일과 끝나고 준비하면 되니까. 하지만 앞으로도 같은 평가가 계속될 건데 처음인 우리가 전례를 이상하게 남기면 일과 끝나고 개인 시간에 준비하는 게 당연하게 굳을지도 모른다.'

그리고 이러한 문제는 시간이 지날수록 골이 더 깊어질 것이고 여러모로 처우 악화에 가속화를 야기하게 될 터.

그러니 확실한 사전 예방이 필요했다.

대한은 잠시 고민한 끝에 용기를 내기로 했다.

이런 기회는 좀처럼 찾아오는 게 아니었기에.

"한 가지 아쉬운 점이 있습니다."

─뭔데?

"준비 시간이 좀 부족한 것 같습니다."

─시간이 부족해?

"예, 물론 일과 이후의 시간까지 준비해야 할 시간이라고 생각하신다면 부족한 건 아닙니다만 그게 아니라면 확실히 부족하다고 생각됩니다."

그 말에 최한철이 미간을 좁혔다.

─일과 이후까지 준비해야 할 게 뭐가 있어. 내가 부대장들에게 최대한 협조해 주라고 했는데?

말은 했겠지.

하지만 윗사람들은 이게 문제다.

말만 한다고 그게 어디 쉽게 이루어지겠냐고.

다들 윗사람 눈치 본다고 안 괜찮은 것도 괜찮다고 하는 게 군대인데.

그러니 이런 건 애초부터 위에서 알아서 잘 딱 깔끔하고 센스 있게 조치를 취해 줘야 했다.

근데 그리 못 해 줬으니 대한이 말하는 것.

"예, 물론 먼저 그런 말씀을 해 주시긴 하셨습니다만. 편하게 하라고 해서 정말 편하게 하는 하급자는 없지 않겠습니까?"

그 말에 옆에서 지켜보던 정우진의 눈이 커졌다.

이 자식, 아까부터 무슨 말을 하고 있는 거야?

그러나 대한은 애써 그의 시선을 피했고 대한의 말을 들은 최한철은 잠시 고민하더니 이내 고개를 끄덕였다.

─음…… 그렇군. 확실히 하급자들은 눈치를 볼 수밖에 없겠어.

"예, 게다가 저희는 괜찮지만 다른 부대의 경우 일정도 다르고 준비할 수 있는 시간도 다 다르기에 어떤 사람은 생각보다 준비를 못 할 수도 있습니다. 어쨌든 평가보다 중요한 게 일과이니 말입니다."

─그렇지. 평가보다 중요한 건 본업이긴 하지. 구구절절 맞는 말만 하는구나. 그래서, 원하는 게 뭐냐?

다행히 최한철은 대한의 말에 따로 반박을 하지 않았다.

오히려 긍정하며 동의해 주었지.

참 다행이었다.

그 물음에 대한은 잠시 숨을 고르더니 화끈하게 질렀다.

"이런 평가 자체가 처음이니 차라리 처음부터 공평하게 준비할 시간을 마련해 주시면 어떻겠습니까. 길게 바라지도 않습니다. 3일 정도라도 파견 명령을 내서 작전사에서 준비할 시간을 주시면 무척 감사할 것 같습니다."

—파견?

"예, 파견 가기 전에 업무를 확실하게 처리해 놓고 아예 작전사로 파견을 가서 평가 준비를 한다면 심적 부담이 훨씬 덜할 것 같습니다."

—흐음, 파견이라…… 그것 참 좋은 생각인 것 같구나.

역시.

최한철은 좀 깨어 있는 양반 같더라니까.

그때 최한철이 미간을 좁히며 말했다.

—근데 이원영이가 눈치를 그렇게 많이 주냐? 내가 최대한 편하게 협조해 주라고 했는데 감히 이 자식이 내 말을 안 들어? 내가 야전에 안 있고 작전사에 들어와 있으니까 나 무서운 줄을 모르는 건가?

"……예?"

어, 어라?

이게 아닌데?

대한의 눈동자가 떨리기 시작했다.

아, 아니.

그런 의미가 아니라요…….

대한은 순간 식은땀을 흘렸다.

'수, 수습해야 한다! 얼른!'

그렇지 않으면 큰 폭풍이…… 아니, 커다란 재앙이 부대를 강타할 것이다.

최한철의 말에 대한이 재빨리 정정했다.

아니, 하려고 했다.

"차, 참모장님! 그, 그게 아니라……!"

─장난이다, 이놈아. 자식이 쫄기는. 뭐, 네 말에 공감 못하는 건 아니다. 대상자들이 진짜 눈치를 보는 건 내가 아니라 부대장일 테니까. 그리고 말을 듣다 보니 좀 배려가 부족한 것 같기도 하네. 그래도 나름 부대를 대표하는 놈들로만 추린 건데 이왕 하는 거 제대로 준비하게 도와줘야지. 안 그러냐?

장난이란 말에 대한은 그제야 안도의 한숨을 쉬었다.

그리고 자신의 말이 제대로 먹혔음에 다시 한번 더 안도했다.

최한철이 웃으며 대한에게 말했다.

─그럼 3일 파견이면 합격할 수 있다는 거네?

네?

말이 왜 또 그렇게 되나요?

그건 모르는 거죠.

하지만 이 상황에 망설이면 파견도 날아갈 터.

못 먹어도 고랬다.

대한은 일단 질렀다.

"무조건 합격할 수 있습니다."

─패기 좋네. 그럼! 나한테 이렇게까지 말했는데 당연히 패기가 좋아야지. 내 다시 공문을 내려 줄 테니 기대하고 있겠다.

"감사합니다, 참모장님!"

우렁찬 대답.

일단 목표한 바는 이뤘다.

다만 목표한 바가 끝까지 영위되고 다음 기수를 위해서라도 자신만큼은 꼭 합격해야 했다.

'이러나저러나 난 일과 이후에도 뺑이 쳐야 할 운명이군.'

스스로 불러온 재앙이었다.

✳

다음 날.

최한철은 대한과 약속한 것을 바로 실행에 옮겼다.

최정예 전투원 평가가 있기 3일 전부터 작전사에서 먹고 자며 평가를 준비할 수 있도록 파견 명령이 떨어졌다.

이원영은 세 사람을 불러 이 사실을 전달해 주었고 자리를 비우는 동안 업무에 차질이 없도록 잘 준비해 놓으라고 지시했다.

결과에 만족한 대한이 흡족한 표정으로 일과를 시작했다.

'그래, 군인은 뭐가 됐든 일단 군 생활에 집중해야지. 내가 평가 잘 보려고 군인이 된 건 아니잖아.'

물론 평가 잘 받아서 상급자들에게 인정을 받는 것도 중요하긴 했다.

근데 그건 나중에 해도 상관없는 것들.

이미 위관급 계급에선 인정받을 만큼 받은 상황이었으니까.

대한이 소대원들과 작업을 위해 함께 이동하던 그때, 대한의 휴대폰이 울리기 시작했다.

발신자를 확인한 대한이 박태현에게 말했다.

"태현아, 애들 데리고 먼저 올라가라."

"예, 알겠습니다."

이윽고 소대원들이 멀어지자 대한이 얼른 전화를 받았다.

"충진! 근무 중 이상 무."

─그래, 김대한이. 잘 지내고 있냐?

천용득이 웃으며 대한에게 물었다.

대한도 반가운 전화에 절로 미소가 지어졌다.

"예, 잘 지내고 있습니다."

─난 잘 못 지냈는데 넌 잘 지냈다니 배가 아프구나.

"왜 잘 못 지내십니까? 누가 중령님 괴롭히는 사람이 있습니까?"

어떤 미친놈이 군대에서 헌병 중령을 못 살게 굴까.

대한이 장난을 치자 천용득이 껄껄 웃으며 답했다.

―하하! 왜, 나라고 괴롭히는 사람 없을 것 같냐?

"예, 없으시지 않습니까?"

―너 있잖아. 너.

"……저 말씀이십니까?"

―그래, 내가 부대 이동하고 나서 너 때문에 얼마나 고생했는지 아냐?

무슨 말이지?

……라고 생각하려다 대한은 불현듯 천용득에게 말했던 건이 하나 떠올랐다.

"하하…… 고생 많이 하셨습니까?"

―말도 마라. 처음 간 부대에서부터 부조리가 적발돼 군단에 있는 전 부대를 싹 다 돌아다녔다.

싹 다?!

그 말에 대한은 입이 벌어졌다.

천용득과는 같이 일해 본 경험이 있기에 그 말이 과장이 아님을 알았기 때문이다.

'군단 예하 부대가 몇 갠데 그걸 다 돌아다녔다니…… 이 양반도 참 군 생활에 진심이구만?'

감탄이 절로 나올 수밖에 없었다.

대한이 물었다.

"설마 대대급부터 사단급까지 전부 다 말씀이십니까?"

─당연하지. 그것도 사전에 예고 없이 방문한 것들이다.

캬.

덕분에 전방 지휘관들 피가 아주 바싹 말랐겠구만?

덕분에 큰 사건 일어날 걱정은 안 해도 되겠어.

천용득이 지난날의 노고를 떠올리며 한숨을 내쉬며 말했다.

─하, 군단장님께 보고하니까 군단장님이 엄청 칭찬해 주시더라. 내가 이 짬에 상급자한테 그렇게 칭찬받을 줄은 몰랐다.

"하하, 축하드립니다."

─축하는 무슨…… 내가 어떤 칭찬 들었는지는 알고나 말하는 거냐?

"뭐, 군 생활 의지가 좋다, 이런 것 아닙니까?"

─그래, 중령이 아니라 중위가 온 것 같다고 하시더라. 이거야원, 중위가 시켜서 했다고는 말도 못 하겠고…… 무튼 다음에 밥 한 끼 사마.

중장인 군단장이 보기에도 천용득의 행동력이 좀처럼 믿기지 않았던 모양.

대한은 천용득이 얼마나 진심으로 부대를 돌아다녔는지 눈앞에 선하게 그려졌다.

덕분에 미소가 절로 지어지려는 그때, 대한의 머릿속에 별안간 무엇인가가 하나 더 떠올랐다.

'잠깐만 28사단이 6군단 예하 부대였나?'

대한의 전생에서는 예하 부대가 맞았다.

하지만 지금은 아니었다.

5군단 예하 부대였던 28사단은 5군단이 폐지되고 난 뒤 6군단으로 옮겨 갔으니까.

지금은 5군단 예하 부대였던 시대였다.

어쩌지?

지금이라도 말해야 하나?

정작 고쳐야 될 외양간은 안 고치고 주변 울타리만 보수하게 만들었다.

대한은 짧은 고민 끝에 조심스레 물었다.

"저…… 중령님, 혹시 28사단도 방문해 보셨습니까?"

-직접 가진 않았고 그 사단 헌병대에 말해 놓긴 했다. 무슨 말 없는 것 보면 아무 일도 없는 것 같은데? 왜?

이걸 다행이라 해야 하나?

하지만 천용득처럼 직접 나서는 게 아닌 이상 겨우 헌병대에 말해 놓는 것만으로는 마음이 별로 놓이지가 않았다.

그도 그럴 게 직속상관이 지시해도 업무 처리가 깔끔하지 않은데 다른 부대 간부가 부탁한 건 오죽할까.

대한이 대답하지 않자 천용득이 재촉하듯 물었다.

-왜, 뭔데? 거기에 뭔 일 있을까 봐?

"아, 그런 건 아니고……."

―아니긴, 딱 봐도 뭔가 걱정하는 눈치구만⋯⋯ 그러지 말고 헌병으로 병과 옮기라니까, 그러네? 병과 옮기고 네가 직접 돌아다녀. 오면 내가 잘 챙겨 줄게. 이거 정말이다?

"아, 아닙니다. 전 그때도 말씀드렸지만 공병이 체질에 맞습니다."

　―그 힘든 곳이 뭐가 좋다고⋯⋯ 아무튼 알겠다. 네가 그리 걱정하는데 내가 다시 확인해 봐야지. 이거 뭔가 계급이 거꾸로 된 것 같다?

"하하⋯⋯ 항상 감사드립니다."

　―근데 정 걱정되면 병과 안 옮기고도 확인해 볼 수 있는 방법이 하나 있긴 해.

그런 방법이 있다고?

대한이 휴대폰을 귀에 바짝 붙이며 물었다.

"그런 방법이 있습니까?"

　―어, 네가 직접 병사로 전입 가는 거지.

아⋯⋯. 난 또 뭐라고.

물론 못할 방법은 아니었다.

사단에 처음 전입 간 소위들이 종종 그런 방법으로 부대의 부조리를 찾기도 했으니까.

천용득도 그런 경우를 떠올리고 말을 꺼낸 것이겠지.

근데 낄낄대는 걸 보니 장난으로 한 말인 것 같았다.

'물론 할 수만 있다면 진짜 그러고 싶긴 하다만⋯⋯.'

허나 애석하게도 대한은 28사단과 관계가 없었다.

사단 소속 간부라면 어떻게든 해 보겠지만 그게 아니니 사실상 거의 불가능한 일.

심지어 천용득도 다른 군단 소속이었으니까.

대한이 아쉬움에 말했다.

"에이, 아무리 그래도 그건 불가능하지 않습니까?"

─얼레? 너 나 무시하냐? 사단장님한테 말하면 너 바로 보내 줄 수 있어. 진짜다?

"설마 28사단장님이랑도 아십니까?"

─이놈 보게? 전군에 내가 모르는 사단장님이 더 적다, 이놈아.

오…….

새삼스레 놀랐다.

내가 이런 양반이랑 겸상을 하고 있었다니.

고마워서 절이라도 해야 할 판이었다.

대한은 최후의 보루가 만들어졌다는 생각이 들자 마음이 한결 편안해졌다.

"감사합니다, 그래도 일단 사단 헌병대를 믿고 있겠습니다."

─나도 믿고 싶은데 병사들 부조리는 완전히 못 잡는 게 현실이잖냐. 네가 사건 하나 막아 준다고 하면 헌병 입장에서는 땡큐지.

천용득은 대한이 예방 차원에서 직접 움직여 주길 바라는 듯

했다.

그도 그럴 게 대형 사고가 일어나면 안 그래도 욕먹는 군대의 명예는 밑바닥으로 추락해 버릴 테니까.

게다가 다른 사람 말고 굳이 대한을 보내려는 이유도 따로 있었다.

그것은 바로 부조리의 원인들 중 하나인 썩은 간부들을 잡기 위함.

'심한 사건들 대부분은 간부들에게 문제가 있었지.'

병사들 사이에서 일어나는 부조리들이 꼭 병사들만의 잘못인 경우는 드물었다.

거기다 헌병대가 조사해서 간부들의 문제까지 잡아내는 경우도 드물었고.

하지만 대한은 이미 썩은 간부들을 잡아 처넣은 경험이 있었기에 믿음이 갔다.

'근데 이렇게 되면 거의 헌병이나 다름없는데…….'

물론 바라는 게 그것뿐만은 아니겠지.

천용득은 잊을 만하면 대한을 헌병으로 스카웃하려 들었으니까.

대한이 웃으며 답했다.

"필요하다고 생각되면 바로 말씀드리겠습니다."

―명예 헌병이라고 생각하고 있으마.

"하하, 예, 그러셔도 됩니다."

-28사단은 내가 다시 확인해 보마. 고생해라.

"예, 고생하십쇼! 승진!"

시켜 줘, 명예 소방관…… 아니, 명예 헌병.

대한은 웃으며 천용득의 전화를 끊고 기분 좋게 일과를 하러 이동했다.

✳

그리고 다음 날.

천용득으로부터 또다시 전화가 왔다.

28사단의 결과를 알려 주기 위함이었는데 애석하게도 대한이 기대하던 연락은 아니었다.

"심각한 사항이 없다고 했습니까?"

-어, 부대 관리 잘하는 것 같다고 칭찬하더라.

그럴 리가 없는데?

대한의 눈이 좁혀졌다.

보아 하니 가서 설문지 돌리는 정도로 조사를 끝낸 모양.

물론 그게 효과가 없는 게 아니긴 했다.

간혹가다 뒷발 걷어차기로 얻어 걸리는 것도 있었으니까.

하지만 대한이 노리는 부대 분위기상 피해자는 설문지는커녕 마음의 편지도 못 쓰고 있을 상황일 텐데.

답답했다.

내가 회귀자라고 까발릴 수도 없고.

일단은 한 걸음 후퇴하기로 했다.

"신경 써 주셔서 항상 감사합니다."

―아니다. 네 덕분에 시작한 일인데 너도 결과는 들어야지. 그나저나 요즘 부대 바쁘냐?

"부대는 별로 안 바쁩니다."

―그래? 근데도 나 보러 안 온다고?

"하하, 부대는 안 바쁘지만 제가 좀 바쁩니다."

그 말에 천용득이 어이가 없다는 듯 웃었다.

―참나, 그 부대는 중위를 못 잡아먹어서 안달 난 부대냐? 네가 바쁘면 얼마나 바쁘다고?

"부대에서 절 잡아 먹는다기보단 제가 이번에 작전사에서 주관하는 최정예 전투원 평가에 참여하게 되어서 그렇습니다."

―최정예 전투원? 그건 또 뭐 하는 거야.

작전사에서만 진행되고 있던 최정예 전투원이었기에 천용득은 잘 몰랐다.

대한은 가볍게 그것에 대해 설명했고 설명을 들은 천용득이 대한을 칭찬했다.

―군 생활 열심히 하고 있었구만? 잘했다. 그거 자력에도 도움되는 거니까 꼭 선발될 수 있도록 준비 잘해 봐라.

"예, 알겠습니다!"

―그래, 끝나면 꼭 놀러 오고. 시간 없으면 휴가 내서라도 꼭

와라.

"꼭 그러겠습니다!"

좋은 기회라고 생각했다.

천용득 얼굴도 볼 겸 28사단도 방문할 수 있으면 직접 방문하고 오면 되니까.

대한이 달력을 확인하며 휴가를 체크하기 시작했다.

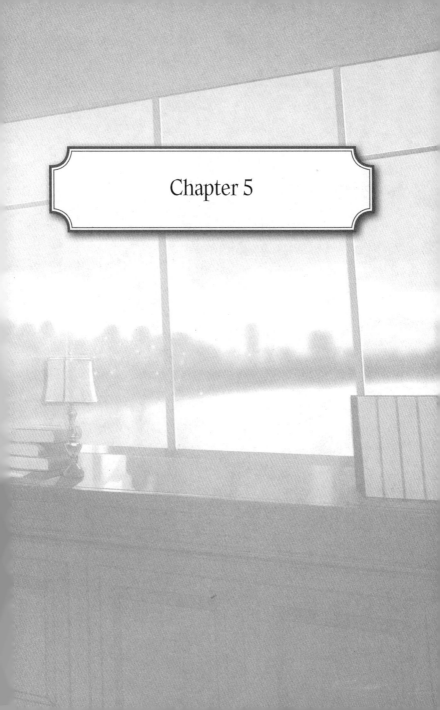

Chapter 5

며칠 뒤 최정예 전투원 파견 당일.

대한과 정우진은 현정국의 차를 타고 작전사로 향하는 중이었다.

현정국은 작전사로 가는 내내 본인의 군 생활을 자랑했는데 입을 꿰매 버리고 싶었다.

"내가 소위, 중위 때 이런 평가가 있었으면 이미 1차 진급하고도 남았을 텐데 참 아쉬워…… 어이, 김대한이."

"중위 김대한."

"넌 운 좋은 줄 알아. 지휘관분들 잘 만나서 한 거에 비해 너무 고평가 받고 있어."

"그렇습니까? 제가 다른 지휘관분들을 경험해 본 적이 없어서 말입니다."

"야, 넌 나랑 군 생활 같이했잖아? 넌 눈에도 안 들어왔어. 하,
대대 전술훈련 이야기부터 해 줘야 하나? 그 당시 중대장님이
갑자기 맹장 터지시는 바람에 내가 중대장 대리 임무를……."

대한은 경청하는 척하며 시선을 창밖으로 옮겼다.

그러나 그놈의 입에는 모터라도 달렸는지 장장 이십여 분에
걸쳐 초급간부 시절 자랑을 하더니 1부격 토크를 마칠 때쯤이
되어서야 화제를 전환했다.

"그나저나 우진아, 넌 준비 잘했나?"

"예, 작전사 가서 조금만 더 해 보면 충분할 것 같습니다."

"독도법이랑 수류탄 연습할 거지?"

"예, 그거 말고는 부대에서 충분히 연습 해 봤습니다."

"독도법 할 때 같이 가자. 형 기억이 가물가물하다."

대한에겐 일장연설을 늘어놓을 만큼 자랑했던 그지만 정우
진에게만큼은 그러지 않았다.

당연했다.

그가 보기에도 정우진은 완벽해 보였으니까.

정우진은 현정국의 귀찮은 부탁에도 싫은 내색 하나 하지 않
고 답했다.

"예, 알겠습니다."

덕분에 대한만 속으로 쾌재를 내질렀다.

'다행이다. 조용히 혼자 연습할 수 있겠어.'

그러나 그건 헛된 희망이었다.

정우진이 자연스럽게 대한을 끌어들였다.

"대한이도 같이 가야지?"

그 말에 대한이 정우진을 원망스러운 눈빛으로 쳐다봤으나 정우진이 자연스럽게 시선을 회피하며 말했다.

"독도법은 네가 제일 최근에 해 봤잖아. 나도 실수 할 수 있으니까 같이 체크 하자. 같이하는 김에 내 노하우도 알려 줄게."

말하면서 입꼬리를 살짝 올리는 정우진.

보기와는 다르게 은근히 장난기가 좀 있다.

'기계 같은 양반이 실수는 무슨…… 차라리 혼자 가기 싫다고 솔직하게 이야기 하지.'

대한이 알겠다고 답하자 현정국이 대한에게 또 말을 걸기 시작했다.

"하여튼 운 좋은 놈이라니까. 소령 앞둔 대위랑 육사 엘리트 대위 밑에서 직접 과외 받는 기회가 얼마나 될 것 같냐?"

저 자식이 아픈 구석을……!

소령 앞둔 대위는 나도 해 봤어, 인마!

그리고 과외는 무슨.

배울 게 있어야 과외를 받지.

그러나 속마음과는 달리 대한은 어색하게 웃으며 대답했다.

"예, 영광으로 생각하겠습니다."

"그래야지. 아, 맞다. 이런 걸로 파견 갔다 오면 무조건 합격해야 되는 건 알지?"

그래.

당연히 알고 있지.

간부들 사이에서 파견은 놀러 가는 것과 마찬가지였다.

그도 그럴 게 부대 내 직속상관의 시야에서 벗어나는 것 자체가 휴가와 같은 급이었으니까.

하지만 그것도 어떤 파견이냐에 따라 다르다.

'교육 같은 건 진짜 놀러 가는 거긴 하지만 이번 평가는 좀 다르지.'

교육 같은 경우에는 시간만 잘 보내면 된다.

대충 시간 때우고 복귀하면 자동으로 이수를 한 상태가 되니까.

하지만 이번에는 좀 달랐다.

이번 평가는 시간만 때운다고 되는 게 아니었으니까.

하지만 이번 평가에 대해선 아직 별로 알려지지 않았기에 만약 파견을 다녀왔음에도 평가에서 탈락하게 되면 알게 모르게 눈총을 받게 될 터.

그렇기에 대한은 속으로 생각했다.

'내 걱정 말고 너나 꼭 합격해라.'

내가 너 같은 애들도 꼭 합격시키고자 참모장한테 의견을 낸 거니까.

대한이 고개를 끄덕이며 답했다.

"예, 무조건 합격할 겁니다."

"말은 쉽지. 근데 혹시나 해서 이야기 하는 건데 만약 떨어지더라도 구차하게 매달리진 마라. 예를 들어 한 번만 더 치게 해 달라고 구걸을 한다든가 하는. 그런 행동들이 다 부대에 먹칠하는 행동이야, 알아?"

"예, 알겠습니다."

이어지는 현정국의 잔소리.

대한은 한 귀로 듣고 한 귀로 흘리기를 시전했고 그렇게 한 참이 지났을 무렵 드디어 작전사에 도착할 수 있었다.

도착한 세 사람은 안내받은 막사로 바로 이동했는데 막사 앞에는 간부 자격 인증 평가 평가관으로 왔던 박창근이 대기 중이었다.

현정국이 박창근을 보고는 반갑게 아는 체를 했다.

"충성! 평가관님을 또 뵙습니다."

"하하, 현 대위도 오랜만이야. 준비는 잘했어?"

"평가관님도 아시지 않습니까. 작전장교 자리 바쁜 거. 이제부터라도 열심히 준비해 봐야죠."

현정국의 말이 재밌는지 박창근이 웃으며 그의 어깨를 두드려 주었다.

"열심히 해 봐. 특히 이번에는 전문 평가관으로 키우는 인원들이 평가하는 거라 약간의 실수도 용납하지 않을 테니 더더욱 잘 준비해야 할 거야……."

"아, 평가관님은 따로 평가 보시는 과목은 없습니까?"

"어, 나는 이번에 평가단장으로 돌아다니기로 했어."

박창근의 말을 들어 보니 현정국을 평가할 때 약간의 도움을 준 것 같았다.

안 봐도 뻔했다.

작전장교라는 걸 어필하면서 좀 봐달라고 했겠지.

그 말에 현정국이 또 한 번 실실 웃으며 말했다.

"평가할 때 잘 봐주십쇼. 평가관들이 미흡할 수도 있지 않습니까?"

"하하, 그럴 일은 없을 거야. 이걸 위해서 한 달 동안 퇴근도 없이 준비했거든."

대한은 박창근의 말에 조용히 한숨을 내쉬었다.

'말인즉슨, 교범 그 자체란 말이겠군.'

그래도 다행인 점이라면 이번 정신 전력 평가는 간부 자격 인증 평가에서 특급 맞았던 것을 그대로 반영해 주어 암기에 시간을 쏟을 필요가 없다는 것.

박창근은 현정국에게 지낼 곳을 알려 준 뒤 짐을 챙기는 대한을 불렀다.

"김 중위."

"중위 김대한."

"참모장님께 파견 건의했다면서?"

"아, 예. 그렇습니다."

대한의 대답에 박창근이 피식 웃으며 말을 이었다.

"참모장님이 안 무서워? 어떻게 그런 걸 이야기할 수가 있는 거지?"

이게 보통의 반응이었다.

일개 중위가 참모장한테 감히 제안이라니.

하지만 대한의 생각은 좀 달랐다.

'이번 생이 처음이라면 모를까…… 어차피 같이 군 생활할 것도 아닌데 무섭긴 뭐가 무서워.'

허나 그대로 대답할 순 없기에 대한이 웃으며 답했다.

"참모장님께서 워낙 편하게 대해 주셔서 저도 편하게 말해 볼 수 있었던 것 같습니다."

"그래, 참모장님이 무서운 분은 아니시긴 하지. 그래도 너 말고는 아무도 그렇게 말하지 못했을 걸? 하하, 무튼 참모장님 말씀 듣고 다들 놀라긴 했는데 잘 말한 것 같다. 덕분에 간부들이 제대로 준비할 수 있는 여건이 갖춰졌으니까."

진심이었다.

그가 생각하기에도 파견으로 대상 간부들을 불러서 준비시키는 게 맞다고 생각한 모양.

그의 반응에 대한도 뿌듯함을 느꼈다.

'그래, 이게 하급자들의 반응이지.'

장군처럼 높은 양반들 머리에서 이런 아이디어가 떠오르긴 할까?

서는 자리가 바뀌면 보는 풍경도 달라진다고 아랫사람의 고충은 아랫사람이 가장 잘 아는 법.

박창근이 이어 격려했다.

"나중에 진급해서도 지금처럼 자신 있게 할 말 할 줄 알아야 한다."

"예! 알겠습니다!"

"좋다. 다들 자유롭게 평가 준비하고 일과 이후에 외출 가능하니까 식사는 하고 싶은 대로 알아서 하면 된다."

"부대 내에 식사는 어디서 하면 됩니까?"

그 물음에 이번엔 박창근이 아니라 정우진이 대신 대답했다.

"……대한아, 너 설마 파견까지 와서 짬밥 먹으려고?"

"아…….."

그러자 박창근이 웃음을 터트렸다.

"하하! 정 대위가 군 생활 좀 잘 알려 주게."

"예, 평가관님."

둘의 대화에 대한이 속으로 웃었다.

'이렇게 먼저 밑밥을 깔아 놔야 나중에 현정국이 뭐라고 안 하지.'

모든 게 다 예방 차원에서 뱉는 말들이었다.

미쳤다고 파견까지 와서 짬밥을 먹을까.

잠시 후, 짐을 푼 세 사람은 곧장 독도법 연습을 위해 이동했다.

지도만 보고 목적지를 찾아가야 하는 독도법은 급속행군을 제외하고 가장 긴 시간을 필요로 하는 과목이었다.

문제는 그 긴 시간 동안 마냥 걸어 다닐 수만은 없다는 것.

물론 한 번에 목적지를 찾아갈 수 있다면 걸어 다니기만 해도 됐다.

하지만 대한은 그런 인간 내비게이션을 여태 본 적이 없었다.

'아무리 공간지각 능력이 뛰어나도 누구나 실수하기 마련이니까.'

평가라는 긴장 속에서 실수는 당연했다.

이는 대한도 마찬가지였다.

'독도법만 전문으로 하는 게 아닌 이상 다 실수한다.'

그러니 지금의 연습은 미래의 실수를 예방하기 위해 하는 것. 또 그만큼 힘든 연습이었기에 가장 먼저 해치우려고 하는 것이기도 했다.

평가 지역인 산에 도착한 세 사람은 지도와 나침반을 들고 미친 듯이 뛰어다니기 시작했다.

세 사람이 한 목적지를 향해 가는 것이었기에 다른 의견이 하나쯤은 나올 줄 알았건만 놀랍게도 세 사람은 목적지를 향하는 동안 단 한마디도 주고받지 않았다.

이는 셋의 생각이 똑같다는 말이었는데 이때만큼은 대한도 현정국에게 조금 놀랐다.

'그냥 꼰대인 줄로만 알았는데 그래도 기본은 있나 보네.'

썩어도 준치라는 건가.

그러니 단에서 유일하게 뽑혔겠지.

이윽고 목적지에 도착한 뒤, 현정국이 두 사람을 보며 말했다.

"다들 잘하네?"

"작전장교님도 잘하십니다. 제가 뭘 알려 드릴 게 없을 것 같습니다."

"하하, 그냥 약한 척 한번 해 본 거지, 뭘. 그런 의미에서 다음 목적지는 내기 한번 해 볼까?"

"무슨 내기 말입니까?"

"제일 늦게 도착한 사람이 저녁 사는 거. 어때?"

"아무리 그래도 대한이도 있는데 내기는 좀…….."

그때, 대한이 두 사람 사이로 재빠르게 달려 나가며 외쳤다.

"내기 시작하신 겁니다!"

그 말에 현정국과 정우진은 잠시 서로를 한번 쳐다보더니 이내 대한을 쫓아 미친 듯이 달리기 시작했다.

✳

독도법 내기의 결과는 현정국이 저녁을 사는 것으로 결정되었다.

현정국도 제대로 방향을 잡고 달렸지만 두 사람의 체력을 따라잡을 순 없었던 것.

현정국은 제일 늦게 도착함과 동시에 대한을 향해 말했다.

"야이 치사한 놈아. 그걸 먼저 뛰어가냐?"

그 말에 대한이 빙긋 웃었다.

"어차피 작전장교님이 저녁 사 주시려고 하신 내기 아니었습니까?"

"⋯⋯응?"

"어차피 사 주시려는 거 일부러 내기로 포장하신 줄 알았습니다. 그래서 저도 분위기에 맞춰 최선을 다했습니다. 솔직히 제가 먼저 출발 안 하면 어떻게 두 분을 이길 수 있겠습니까?"

그 말에 현정국의 눈이 잠시 굴러가더니 이내 씨익 웃으며 말했다.

"자식이 눈치가 좀 있네. 그래, 맞다. 네가 꼴찌로 와도 가오가 있지, 어떻게 막내한테 얻어먹을 수가 있겠냐?"

"역시 작전장교님이십니다."

오래된 사회인의 숙달된 방어 화법.

대한에게 현정국쯤이야 식은 죽 먹기였다.

정우진은 그런 대한을 보며 조용히 엄지를 들었고 이윽고 숨을 고른 현정국이 두 사람에게 물었다.

"더 할 거냐? 이 정도면 지형도 대충 다 파악한 것 같은데?"

그 말에 정우진이 대한을 보며 물었다.

"안 해도 되겠지?"

"예, 그렇습니다."

"좋아. 그럼 저녁은 뭐 먹을 거냐? 모처럼 밖에 나왔는데 선배가 제대로 밥 한번 사야지."

대한은 현정국의 말이 끝나기 무섭게 얼른 대답했다.

"근처에 소고기 잘하는 집 있습니다."

"……소?"

대한의 의견에 현정국은 당황했으나 대한은 타이밍을 놓치지 않고 눈을 반짝이며 고개를 끄덕였다.

"예, 작전장교님 돈도 잘 버시는데 이때 아니면 저희가 언제 또 소를 먹어 보겠습니까. 그렇지 않습니까. 중대장님?"

"어, 그렇지."

정우진도 표정 하나 변하지 않고 대한의 장단에 맞추었다.

그 반응들에 현정국이 애써 웃으며 대답했다.

"그, 그래. 그럼 소고기 먹으러 가자."

"와! 감사합니다!"

"잘 먹겠습니다. 작전장교님."

대한은 오랜만에 벨트를 풀어야겠다고 생각했다.

그날 밤.

대한은 현정국의 지갑을 제대로 털고 들어온 뒤 숙소 침대에 몸을 던졌다.

그렇게 홀로 쉬기도 잠시, 얼마 뒤 정우진이 음료수 하나를 들고 대한을 찾아왔다.

"쉬는데 미안하다."

"아닙니다. 뭐 필요한 거 있으십니까?"

"화생방 보호구 입는 거 시간 좀 측정해 줄래?"

그 말에 대한이 웃으며 대답했다.

"그런 이유셨으면 그냥 전화하시지 그러셨습니까. 그럼 바로 내려갔을 텐데."

"일과 끝났는데 그럴 수 있나. 뭐라도 주고 불러야지."

역시 기본 개념이 탑재된 양반이야.

두 사람은 연습을 위해 마련된 다목적실로 이동했다.

그런데 21시가 다 되어 가는 시간이었음에도 불구하고 다목적실에는 연습하는 간부들이 많았다.

그렇기에 누가 들어오든 아무에게도 관심 주지 않고 본인들 연습에만 집중했다.

꽤나 괜찮은 분위기였다.

그때 정우진이 조용히 감탄하며 말했다.

"장교는 우리뿐이네."

"그렇습니까?"

정말이었다.

그리고 생각해 보니 그랬다.

옛날에도 최정예 전투원에 선발된 인원들은 대부분이……
아니, 압도적으로 부사관들이 많았다.

장교들이 최정예 전투원에 관심이 없는 게 아니었다.

최정예 전투원에 도전할 정도면 보통은 대위인데 대위라 함
은 위관급 계급들 중 업무가 가장 많아 최정예 전투원 같은 평
가에는 좀처럼 시간을 낼 수가 없었기 때문이다.

'대위면 보통 어딘가를 책임지고 있는 경우가 많아 시간 내
기가 빠듯하지.'

그리고 무엇보다도 대부분의 부대에선 이런 선발을 치른다
고 자리 비우는 걸 허락하지도 않았고.

참 안타까운 현실이었다.

'쯧쯧, 부하들 지휘만 잘한다고 능사는 아닌데 말이야.'

윗분들 생각이 어떨지는 모르겠으나 지휘관이 지휘를 잘하
려면 본인의 전투능력도 웬만큼 받쳐 줘야 한다고 생각했다.

그렇기에 대한은 이번 평가에서 반드시 합격하겠다고 다짐
했다.

그래야 자신의 생각을 증명할 수 있을 테니까.

대한이 말했다.

"중대장님 하시고 난 뒤에 저도 한번 해 보겠습니다."

"그럼 끝나고 음료수는 네가 사는 거냐?"

"하하, 예. 당연히 제가 사겠습니다."

"장난이다. 얼른 시작해 보자."

대한은 정우진과 함께 24시가 될 때까지 연습을 하고 취침했다.

그리고 다음 날, 대한은 마지막으로 평가 과목들을 모두 점검했다.

확인해 보니 충분히 합격할 수준이 되었다 판단했고 이제는 컨디션 조절만 잘해서 실수만 하지 않으면 된다고 생각했다.

대한이 짐을 정리해서 퇴근 준비를 하자 그것을 본 현정국이 물었다.

"벌써 가려고?"

"예, 컨디션 조절할 겸 일찍 가서 쉬려고 합니다."

"쯧쯧, 포기한 건 아니고? 끝까지 연습해도 모자랄 판에 말이야."

현정국이 한심하다는 듯이 고개를 젓는다.

하하, 뭐라는 거야?

정작 자기는 어제 연습하러 나오지도 않았으면서.

물론 일부러 안 부른 거기도 하지만.

그도 그럴 게 어제 현정국은 저녁 먹으면서 반주를 걸쳤는데 술이 금방 올랐는지 숙소로 오자마자 바로 갔다.

대한이 웃으며 말했다.

"저 같은 초심자는 평가 전날 무리하는 것보단 컨디션 조절하는 게 더 나은 것 같습니다. 그러니 먼저 가 보겠습니다."

"어휴, 그러다 만약 떨어지면 단장님한테 죄송하단 말은 네가 직접 해라?"

현정국은 고개를 내저은 뒤 다시 연습에 집중했다.

그때, 정우진도 자리에서 일어나 대한의 뒤를 따랐다.

"너도 가냐?"

"예, 더 할 게 없습니다."

"……그래, 식사는?"

"간단하게 따로 먹겠습니다."

그 말에 현정국은 조용히 고개를 끄덕였다.

어이가 없네.

왜 나한테만 뭐라고 해?

대한이 속으로 고개를 저으며 자리를 떠나자 함께 이동하던 정우진이 물었다.

"저녁은 어떻게 하려고?"

"중대장님 따로 식사 안 하시면 집에 가서 먹을 생각이었습니다."

"집?"

"예, 작전사에서 가까운 곳이라 오랜만에 어머니를 좀 뵐까 합니다."

대한은 정우진이 식사를 어떻게 해결할지 고민하는 것 같자 조심스럽게 물었다.

"중대장님, 혹시 저희 집에 같이 가시겠습니까?"

"집에 같이 가자고? 어머니가 불편해하시지 않을까?"

"아닐 겁니다. 저번에 저희 중대장도 놀러 와서 얼굴 뵙고 갔습니다. 그때도 무척이나 반겨 주셨습니다."

"너희 중대장도 갔다고?"

"예, 그렇습니다."

그 말에 정우진도 바로 승낙했고 두 사람은 곧장 택시를 타고 대한의 집으로 향했다.

그런데 대한의 집 앞에 도착한 정우진이 입을 반쯤 벌린 채 대한이 사는 아파트를 올려다보았다.

"……너 여기 살아?"

"예, 그렇습니다."

이영훈과 비슷한 반응이었다.

정우진은 이내 멍하니 시선을 옮겨 대한을 보며 물었다.

"……넌 왜 굳이 군인 하려고 하는 거냐?"

"그건……."

그러게?

사실 무슨 일을 하든 상관없긴 했다.

그런데 굳이 힘들다고 하는 군인을 하려는 이유?

해 본 게 이것뿐이라서?

소령 못 달아 본 게 한이라서?

전부 다 맞는 말이긴 했지만 그래도 가장 확실한 이유를 대라면 소령 못 달아 본 게 한으로 남아서겠지.

'지금은 욕심이 좀 더 늘었지만.'

어차피 이러나저러나 돈은 많을 텐데 그럴 거면 성취감을 가장 많이 얻을 수 있는 군에 남아 있는 게 좋았다.

그러다 장군 자리도 한번 앉아 보고.

그러나 그리 대답할 순 없었기에 옅게 웃으며 대답했다.

"그냥 군인이 좋습니다."

그 대답이 퍽 마음에 들었는지 정우진도 피식 웃으며 말했다.

"하긴, 군대가 겉보기엔 이래도 살다 보면 나름의 매력이 있는 곳이긴 하지."

"그러는 중대장님은 왜 군인이 되고 싶으셨습니까?"

"난 군인이 되고 싶었던 적은 없었는데?"

"예? 그럼 육사는 왜 가셨습니까?"

그 말에 정우진이 옅게 웃었다.

"내가 공부는 좀 했는데 우리 집이 대학 등록금 낼 형편은 아니었고 그렇다고 대학을 포기하자니 그건 좀 아니잖아? 그래서 육사를 간 거야."

"아……."

대한은 정우진의 말에 쉽사리 입을 열지 못했다.

그냥 잘나가는 군인 집안 아들내미인 줄 알았는데 이런 사연이 있는 줄은 몰랐으니까.

'참 의외네.'

이래서 사람 일은 알다가도 모를 일인가 보다.

정우진의 말이 이어졌다.

"물론 내 선택에 후회는 없어. 육사 가서 힘든 생활 버티다 보니 점점 더 편해지기도 했고 그때 배웠던 것들로 군 생활을 하다 보니 다들 인정해 주시더라고. 딱히 내가 잘난 것도 아닌데 말이야. 그래서 난 군대가 좋아."

당신이 잘하는 게 아니면 누가 잘할까요?

근데 가만히 생각해 보면 또 맞는 말 같기도 했다.

돌이켜 보면 정우진은 일을 잘하는 거지 열정적으로 일을 하는 스타일은 아니었으니까.

'다른 일을 했어도 대성할 사람이었겠어.'

새삼 정우진이 새롭게 보였다.

그리고 그가 왜 딱히 진급 욕심을 부리지 않았던 건지도 이제야 이해가 됐고.

그때, 정우진이 웃으며 말했다.

"근데 요즘 내가 너 때문에 군 생활을 다시 배운다. 내가 봤을 땐 네가 진짜 군 생활을 잘하는 것 같아."

"그렇습니까?"

"그래, 병사들 대하는 것도 그렇고 부사관, 상급자들 대하는 것도 그렇고. 빈말이 아니라 진짜 대단하다고 생각한다."

"중대장님께서 인정해 주시는 걸 보니 잘하고 있긴 했나 봅니다."

대한의 너스레에 정우진이 대한의 어깨를 두드려 주며 말했다.

"너랑 군 생활하는 거 재미있으니까 계속 이렇게 잘해 줬으면 좋겠고 사고 쳐서 날아가는 일 없도록 해라. 알겠냐?"

"하하, 예, 알겠습니다. 중대장님보다 먼저 군복 벗는 일은 절대로 없도록 하겠습니다."

"자식, 내가 장군 포기하면 또 모른다?"

"제가 대장까지 가면 되지 않겠습니까?"

"대장? 공병이?"

"사람 일이야 또 모르는 거 아니겠습니까."

그 말에 정우진이 웃음을 터뜨렸다.

"하하! 그래, 모르는 일이지. 혹시 네가 장군 진급해서 대장까지 진급할 것 같아 보이면 내가 어떻게든 지원사격 해 주마."

"중대장님은 장군 진급 욕심 없으십니까?"

"대한아, 내가 육사 그 성적에 공병 온 거 보면 모르겠냐. 나는 정년퇴직이 목표인 사람이야."

"아!"

어쩐지 육사 상위권이 왜 보병을 안 갔나 했다.

'정년퇴직이 목표면 공병이 무난하긴 하지.'

이윽고 두 사람은 대한의 집에 도착했고 대한과 정우진은 엄마가 차려 주는 따뜻한 집밥을 먹은 뒤 다시 작전사로 돌아올 수 있었다.

다음 날 아침.

대한은 평소에 일어나던 것보다 더 일찍 일어나 전투복으로 환복한 뒤 주차장으로 내려왔다.

그리고 스트레칭을 하며 몸을 풀고 있자 준비를 마친 정우진이 이어서 나타났다.

"충성! 좋은 아침입니다. 중대장님."

"어, 좋은 아침."

정우진이 몸을 풀고 있는 대한을 보며 웃으며 말했다.

"어제 오랜만에 집 밥 먹어서 그런가 진짜 푹 잤다."

"저도 그렇습니다. 어머니가 다음에도 또 오시랍니다."

"난 그런 말 사양하는 사람이 아닌데?"

"저도 빈말하는 사람 아닙니다."

두 사람이 웃으며 몸을 풀고 있을 때, 주차장으로 박창근이 차를 타고 등장했고 정우진이 얼른 경례를 올렸다.

"충성!"

"어, 공병단이네. 벌써부터 몸 푸나?"

"예, 미리 풀어 두려고 합니다."

박창근이 마음에 든다는 듯 흡족하게 고개를 끄덕이고는 대한에게 물었다.

"준비는 잘했어?"

"완벽합니다."

"사령관님도 관심 가지시는 거니까 실수하지 말고 잘해."

아휴, 아침부터 이렇게나 부담을 주다니.

그러나 대한은 씩씩하게 대답했다.

"예, 알겠습니다!"

이윽고 일과 시작과 동시에 최정예 전투원 선발이 바로 진행되었다.

차례대로 진행되는 평가에서 한 과목이라도 탈락한다면 그대로 짐을 싸면 되는 시스템이었고 활동량이 많은 평가들은 상대적으로 덜 더운 오전에 집중되어 있었다.

첫 평가는 독도법이었다.

현정국이 대한과 정우진을 불러 말했다.

"긴장하지 말고 연습하던 대로 잘해라. 알겠지?"

근데 왜 네가 제일 긴장하는 것처럼 보이냐?

게다가 현정국의 컨디션은 별로 좋아 보이지가 않았다.

전날 밤새 벼락치기라도 했는지 눈 밑에 다크서클이 짙게 내려 앉아 있었으니까.

"예, 알겠습니다."

"그럴 일은 없겠지만 도와주면 바로 실격이라니까 혹여나 부정행위 저지르지 말고. 우진아 알겠냐?"

"예, 그럴 일 없습니다."

저건 대한을 의식해서 한 말이었다.

여러모로 대단했다.

분명 대한의 실력을 봤음에도 여전히 무시라니.

'그래도 동기 부여는 확실하게 되네.'

반드시 합격해서 현정국의 코를 납작하게 만들어야겠다고 말이다.

이윽고 대한이 손목시계 셋팅을 마치자 독도법 평가가 시작되었고 시작과 동시에 공병단의 세 간부들은 미친 듯이 산 속을 뛰어다니며 목적지를 찾기 시작했다.

박창근은 뛰어다니는 세 사람을 발견하고는 조용히 미소 지었다.

합격을 위한 그들의 강렬한 의지가 느껴졌기 때문이다.

이윽고 정우진과 대한이 비슷하게 들어왔고 현정국도 시간 안에 들어올 수 있었다.

찾아야 하는 숫자 적힌 종이도 모두 찾아 세 사람도 합격이었다.

그런데 현정국까지 합격 받은 그때, 합격받자마자 현정국이 벌러덩 드러눕더니 앓는 소리를 내기 시작했다.

"야! 야! 야! 나 종아리 쥐!"

으음.

그래.

우리 현정국이 쥐가 났구나?

근데 뭐 어쩌라고?

야옹이라도 해 주랴?

대한은 몸을 풀며 그 모습을 가만히 바라보자 정우진이 피식 웃고는 대한에게 턱짓했다.

'쯧, 어쩔 수 없지.'

정우진의 지시에 대한은 얼른 현정국의 전투화를 벗기고 종아리 스트레칭을 실시했다.

현정국은 고통스러운지 이마에 팔을 올린 채 심호흡을 했고 그 모습을 본 대한이 말했다.

"첫 평가인데 벌써부터 쥐가 나시면 어떻게 합니까. 작전장교님."

"아, 조용히 하고 빨리 풀기나 해."

"아깐 도와주면 바로 실격이라고 하셨으면서…… 근데 축구를 그렇게 하시더니 하체랑 축구는 관련이 없나 봅니다?"

그 말에 현정국이 상체를 벌떡 일으켰다.

축구가 인생의 7할을 차지하고 있는 그에게 좀 전의 발언은 상당히 자존심을 건드렸기 때문.

현정국이 대한이 벗긴 전투화를 잡으며 말했다.

"됐어. 잠깐 근육이 놀란 것뿐이야. 마지막에 돌을 잘못 밟았나 봐."

현정국의 성격상 만약 대한이 가만히 있었다면 스트레칭에 이어 마사지까지 받으려고 할 게 분명했다.

근데 대한은 별로 해 주고 싶지가 않았다.

내가 매니저야 뭐야?

그래서 자존심을 살짝 건드린 건데 이렇게나 효과가 좋을 줄이야.

대한이 웃으며 자리에서 일어나자 곁에 선 정우진이 작게 속삭였다.

"금방 벗어났네?"

"축구 하시는데 하체가 좀 부실하다고 말씀드리니까 바로 일어나셨습니다."

"머리 좀 썼구만? 그래도 한동안 뛰는 건 없으니 다행이라고 해야 되나?"

"그래도 쥐 나면 계속 나는 거 아시지 않습니까. 다른 평가에도 지장은 있을 겁니다."

정우진이 대한의 말에 공감을 하는지 조용히 고개를 끄덕였고 이내 독도법 평가가 마무리 되었다.

평가 대상자들 모두 부대에서 한 전투력 하는 사람들만 모였기에 독도법에서 탈락한 사람은 거의 없었다.

'생각보다 쉬운 평가인 건가?'

하지만 이 생각은 오래 가지 않았다.

다음 평가는 지뢰였으니까.

물론 공병인 대한에게 이것보다 쉬운 평가는 없었다.

오히려 평가관이 팁을 물어볼 정도였으니까.

덕분에 두 번째 평가부터 첫 번째 탈락자가 발생했고 탈락자들은 아쉬워하며 숙소로 복귀하기 시작했다.

최정예 전투원 선발에 두 번째 기회는 없었으니까.

그 모습들을 본 정우진이 말했다.

"우리가 공병이라서 참 다행인 순간이네."

"그런 것 같습니다."

따라서 두 번째 평가도 세 사람 모두 통과.

그렇게 오전의 평가가 끝났고 세 사람은 식사를 위해 식당으로 향했다.

대한이 살아남은 평가 대상자들을 보며 말했다.

"인원이 벌써 절반이나 줄었습니다."

"지뢰에서 많이 탈락했지."

"그런 것 같습니다."

그래서일까?

현정국은 살아남은 절반에 속했다는 뿌듯함 때문인지 다시 쉴 새 없이 떠들기 시작했다.

예컨대 자기가 어제 얼마나 준비했는지에 대한 그런 이야기들을 하며 말이다.

대한이 속으로 고개를 저으며 생각했다.

'다음엔 꼭 떨어졌으면 좋겠네.'

그래야 내 귀가 덜 아플 테니까.

식사가 끝나고 오후 평가가 시작됐다.

오후에 시작된 첫 평가는 다름 아닌 수류탄 투척.

수류탄 투척은 기본적인 전투능력 중에 하나였지만 수류탄 투척은 의외로 생각보다 숙달하기 어려운 기술 중에 하나였다.

이유를 꼽자면 생각보다 연습할 기회가 없기 때문.

'연습 장소는 물론이고 연습 자체가 위험하니까.'

물론 연습용 수류탄은 위험하지 않다지만 야전 부대에 연습용 수류탄이 보급되는 경우는 잘 없었다.

대한도 교육기관에서 던져 본 것이 전부였으니까.

그래도 다행인 점은 파견 기간 동안 연습용 수류탄을 충분히 지급해 줬다는 것.

'하루 종일 수류탄만 던졌지.'

덕분에 잠시나마 야구선수가 된 기분을 느낄 수 있었다.

평가장에 도착하자 평가관의 설명이 시작됐다.

"다들 주목해 주시기 바랍니다. 평가자분들도 잘 아시다시피 서서 던져, 무릎 던져, 드러누워 던져 이렇게 세 가지 방식으로 수류탄을 투척해 24점 이상을 취득하면 됩니다. 평가장에 들어가시면 지점 표시가 되어 있을 텐데 A는 10점, B는 8점, C, D 지점은 근탄으로 분류돼 개인 생존성에 위협이 되기 때문에 불합격으로 처리하겠습니다."

다들 이미 알고 있던 사항들이었기에 질문은 없었다.

그저 고개를 끄덕이고 마음을 가다듬을 뿐.

이내 첫 번째 평가 대상자인 대한이 평가장으로 올라갔다.

평가장은 사격장보다도 무거운 분위기였다.

'연습한 대로만 하자.'

대한은 심호흡하고는 그대로 서서 던져를 실시했고 연습했던 대로 A지점에 정확히 떨어졌다.

이어서 던진 다른 자세들도 마찬가지로 모두 A지점에 떨어졌고 재빠르게 만점으로 합격하고 대기 장소로 내려왔다.

그러자 박창근이 대한을 호출했다.

"하루 종일 수류탄만 던지더니 결국엔 만점을 받았구나."

"하하, 예. 다행입니다."

"그래, 참 다행이지. 넌 수류탄에서 탈락했으면 내가 수류탄 비용 청구하려고 했어."

수류탄 비용 청구라…….

연습할 때 한 200개 던졌나?

늘 연습량으로 승부 보는 대한이었기에 정말 아낌없이 던졌다.

문제는 정우진도 대한과 같은 성격이라 두 사람 때문에 박창근은 인근 부대에 직접 수류탄을 수급하러 다니기까지 했다.

그래도 결과가 좋았으니 대만족.

박창근이 대한의 방탄을 정리해 주며 말했다.

"평가 얼마 안 남았으니까 끝까지 집중해라. 이제 중위는 너 하나 뿐인 거 알지? 동기들 자존심이 걸렸다고 생각해라."

박창근은 대한이 꼭 붙었으면 했다.

그래야 밀어줄 명분이 생기니까.

대한을 밀어주려는 이유?

사령관을 비롯해 참모장까지 관심을 가지는데 어떻게 안 밀어줄 수가 있겠는가.

대한도 박창근이 한 말의 의도를 파악하고 바로 대답했다.

"예, 알겠습니다. 끝까지 집중해서 최선을 다하겠습니다."

"그래, 가서 이제 쉬고 있거라."

대한이 정우진 옆으로 돌아와 자리에 앉자 정우진이 물었다.

"뭐라고 하시든?"

"여기서 떨어졌으면 수류탄 비용 청구하려고 하셨답니다."

"끔찍하네."

이윽고 정우진 차례가 됐다.

결과는 당연히 합격.

이어서 현정국 차례가 되자 현정국이 자리에서 일어나며 너스레를 떨었다.

"아, 그냥 가볍게 던지고 오려고 했는데 너희 때문에 나도 만점 받아야 되잖아."

"쉽습니다. 작전장교님은 무조건 만점 받으실 겁니다."

물론 빈말이었다.

그도 그럴 게 대한과 정우진 사이에 평가를 보던 참가들 중 상당수가 탈락했으니까.

잠시 후, 가나다 이름순에 따라 현정국이 마지막 순서로 올랐고 다들 현정국을 기다리고 있을 때였다.

그때, 평가장에서 비명이 들렸다.

"끄악!"

현정국의 목소리였다.

비명 소리에 대한과 정우진이 자리에서 벌떡 일어났다.

밉더라도 일단은 같은 부대 간부였다.

두 사람은 누가 말하지 않았음에도 바로 박창근에게 달려갔고 박창근 또한 당황한 표정으로 두 사람과 함께 평가장에 올랐다.

그런데 평가장에 오른 직후 대한과 정우진은 곧바로 후회했다.

'아…… 그냥 자리에 앉아 있을 걸.'

특히 정우진의 표정이 일그러져 있었다.

그도 그럴 게 평가장 위의 현정국은 다리에 쥐가 나서 소리를 지른 것이었으니까.

"아! 반대쪽! 반대쪽도 올라왔어!"

그 모습을 본 박창근이 한심함 반 안도감 반씩 섞인 한숨을 내쉬며 고개를 저었다.

"아이고 놀래라…… 그래, 연습용 수류탄 던지는데 사고 날 게 뭐가 있다고. 그나저나 쥐라니…… 흠흠."

대한과 정우진도 민망했는지 그대로 대기 장소로 복귀했다.

그리고 얼마 뒤 수류탄 평가에서 탈락한 현정국이 절뚝거리며 내려왔다.

"아, 쥐만 안 났어도 만점인데……."

"……그러게나 말입니다."

"그런 의미에서 너흰 관리 잘해라. 그리고 절대 떨어지면 안 돼. 만약 떨어져서 부대 욕보이면 내 손에 죽을 줄 알아. 내 손에 죽든지, 합격하든지 양자택일이야. 알겠어?"

두 사람이 고개를 끄덕이자 현정국이 주먹을 불끈 쥐어 보이고 숙소로 이동했다.

쪽팔렸다.

그도 그럴 게 먼저 내려와 있던 합격 인원들이 현정국을 비웃고 있었으니까.

'하…….'

대한이 속으로 한숨을 내쉬고는 정우진에게 말했다.

"중대장님, 저희 둘 다 떨어지면 진짜 쪽팔리게 될 것 같습니다."

"……나도 그 생각 중이었다. 그러니까 무조건 붙자."

"……화이팅입니다."

두 사람은 다음 평가를 위해 이동했고 연이은 통과 끝에 마침내 마지막 항목인 화생방 평가만을 앞두고 있었다.

남은 평가 대상자도 끽해야 열 명 남짓.

하지만 한 부대에 두 명이상 남은 곳은 공병단이 유일했다.

박창근이 대한을 향해 신기한 듯 물었다.

"넌 부대에서 평가 준비만 했냐?"

"예?"

"아니, 넌 뭔데 이제 경겨우 중위가 베테랑들보다도 실수가 적어? 정 대위 너도 그렇고 말이야. 공병단은 일과가 없나?"

그 말에 대한이 웃으며 답했다.

"이 정도는 기본적으로 갖추고 있어야 할 능력이라고 생각합니다."

"기본이라…… 그렇게 말하면 할 말이 없긴 한데…… 아무튼 이번 평가는 특히 더 빡센 거 알고들 있지?"

"예, 알고 있습니다."

"그래, 그럼 한번 잘해 봐."

박창근은 두 사람의 실력에 혀를 내두르며 평가관들 쪽으로 이동했다.

대한은 정우진과 함께 방독면을 점검한 뒤 먼저 평가를 치르러 이동했다.

방독면 끈의 위치, 보호구의 끈 정리 등.

사소한 것들까지 완벽해야 하는 평가에서 대한은 가까스로 통과했다.

대한은 합격이라는 말을 듣자마자 드디어 안도할 수 있었다.

"축하드립니다. 김 중위님. 평가지에 서명 부탁드리겠습니다."

"예, 고생하셨습니다."

대한은 본인의 점수가 적힌 평가지에 서명을 한 뒤 대기 장소로 내려갔고 대한이 웃으며 내려오자 남은 평가 대상자들이 박수를 쳐 주었다.

뿌듯함에 가볍게 고개를 숙인 대한은 그대로 정우진에게 다가가 팁을 알려 주었다.

"중대장님, 올라가면 생각보다 더 시간 여유가 없습니다. 점검할 생각 하지 마시고 한 번에 다 하고 바로 검사 받으시는 게 좋을 것 같습니다."

"후, 알겠다."

정우진은 처음으로 긴장하는 모습을 보였고 대한이 정우진의 어깨를 주물러 주며 긴장을 풀어 주었다.

이윽고 정우진의 차례가 되자 대한이 말했다.

"그럼 전 급속행군 준비하고 있겠습니다."

"내 물은 네가 챙겨라."

정우진이 대한을 향해 피식 웃고는 평가 장소로 올라갔고 얼마 뒤, 옅은 미소를 띠며 대한에게 돌아왔다.

정우진의 환한 표정을 본 대한이 박수를 치며 말했다.

"합격하셨습니까?"

"당연히 합격했지. 너도 합격했는데 나도 당연히 붙어야 하지 않겠냐."

"역시, 중대장님이십니다. 덕분에 내일 외롭지 않게 달릴 수 있을 것 같습니다. 평가관님께서 내려가면 군장 싸 놓고 기다리라고 하십니다. 무게 측정하고 오늘부터 바로 보관하신다고 하셨습니다."

"그래, 바로 내려가자."

사실상 평가는 이것으로 끝이었다.

현정국처럼 쥐라도 난다면 모를까.

여기까지 온 인원들 중 급속행군을 못 해서 떨어질 사람은 없었으니까.

두 사람은 기분 좋게 숙소로 복귀했다.

그런데 복귀하는 길에 숙소 앞에서 흡연하고 있던 현정국과 마주쳤다.

현정국의 발밑에 현정국의 것으로 추정되는 담배꽁초가 여러 개 보인다.

두 사람을 발견한 현정국이 물었다.

"뭐야, 어떻게 둘 다 표정이 좋아?"

"둘 다 붙었습니다."

"⋯⋯진짜?"

설마 했는데 진짜로 붙다니.

본인만 떨어졌다는 것을 알게 되자 괜히 민망함을 느낀 현정국이 표정 관리를 못 했다.

그 모습에 정우진이 피식 웃으며 옆에 앉아 담배를 업에 물었다.

"단장님께 보고드리셨습니까?"

"⋯⋯너희 내려오면 그때 보고드리려고 했지. 아, 이럴 거면 각자 차 가지고 오라고 할 걸."

평가 대상자들의 파견 기간은 내일까지지만 떨어진 마당에 작전사에 남아 있을 개념 없는 간부는 없을 것이다.

하루라도 일찍 복귀해서 일과를 쳐내는 게 미덕이었으니까.

잠시 고민하던 대한이 현정국에게 말했다.

"오늘 복귀하실 예정이십니까?"

"너희가 있는데 나 혼자만 어떻게 가냐."

"그럼 부대에 떨어뜨려 주시면 제가 자차 끌고 다시 작전사로 오겠습니다."

"어? 그, 그럴래?"

대한의 배려에 현정국의 눈이 커졌다.

그렇잖아도 평가 떨어져서 이원영 눈치 보게 생겼는데 늦게 복귀하면 그 눈치가 더 심해질 터.

현정국이 재빠르게 담배를 끄며 말했다.

"조금만 기다려라. 바로 짐 챙겨서 나올 테니까."

대한은 현정국이 숙소로 올라가는 걸 보고는 정우진에게 말했다.

"금방 다녀오겠습니다."

"그래, 고생 좀 해 줘라."

대한의 행동에 정우진도 옅게 웃었다.

덕분에 내일은 시끄럽지 않게 복귀할 수 있겠다는 생각이 들었으니까.

대한은 장구류만 대충 벗어 두고는 현정국과 함께 부대로 복귀하기 시작했다.

현정국은 이원영에게 복귀한다는 연락을 하고는 대한에게 말했다.

"어이, 김대한이."

"예, 작전장교님."

"이제 거의 붙은 거나 다름없네."

"아, 예. 급속행군이랑 사격은 자신 있습니다."

"여기까지 왔는데 떨어지면 그게 더 이상한 거 아니냐. 무조건 붙어서 와야지. 공병단에 최정예 전투원 2명이나 있으면 단장님이 좋아하실 거다."

뭐지?

또 꼽이나 줄 줄 알았는데 갑자기 왜 이러는 걸까?

안 그러던 사람이 이러니 도리어 불안해졌다.

대한이 대답했다.

"예, 무조건 붙어서 가겠습니다."

"당연히 그래야지. 하, 그런 의미에서 나 담배 좀 피운다."

현정국이 창문을 열고 담배를 피우며 말을 이었다.

"후배들도 붙는 평가에 나만 떨어지니 이것 참 부끄럽구만."

"어려운 시험이었지 않습니까. 작전장교님 컨디션도 별로였고."

"장교가 컨디션 탓하면 되냐. 다 실력이지."

뭘까.

왜 갑자기 바른 말을 하는 거지?

혹시 죽을 때가 된 건가?

그 순간, 대한은 현정국이 갑자기 왜 이러는지 알 것만 같았다.

'드디어 인정을 해 주는 거구만.'

현정국이 아무리 뻔뻔해도 이렇게 결과까지 나왔는데 얼굴에 철판을 깔 순 없었다.

그래서 그냥 정우진을 인정하듯 대한도 인정해 버리기로 한 것.

현정국의 스탠스를 이해한 대한이 보다 마음 편히 대화를 이어 나가기로 했다.

"원래라면 축구로 컨디션을 다지셨을 텐데 요즘 축구를 안 하셔서 폼이 좀 떨어지신 것 아닙니까? 작전장교님이 쥐 나는 건 또 처음 보는 것 같습니다."

"……너도 그렇게 생각하냐? 나도 쥐 난 게 얼마 만인지 깜짝 놀랐다."

"슬슬 날씨도 풀려 가는데 공 차러 나오셔야 하는 거 아닙니까?"

그 말에 현정국은 잠시 고민하는 기색을 보였다.

마음 같아선 공 차러 나오고 싶겠지.

근데 이원영의 눈치를 보고 있는 마당에 그게 어디 말처럼 쉬울까.

뭐 마려운 개처럼 끙끙 앓는 모습을 보고 있으니 뭔가 불쌍하면서도 귀엽다.

조금 도와줄까?

그 모습을 지켜보던 대한이 넌지시 말했다.

"단장님 때문에 그러시는 거면 부대 대항전은 나가지 마시고 차라리 민간 대회에 한번 출전해 보시는 건 어떠시겠습니까?"

"민간 대회? 축구 대회 말이야?"

"예, 그렇습니다. 저희 공병단 이름으로 대회를 나가는 겁니다."

현정국의 인정을 받게 되었으니 대한은 이 참에 현정국까지 내 사람으로 한번 감아 보기로 했다.

물론 그를 따라 다닌다는 건 아니었다.

그저 부대에 적을 만들지 말자는 의미에서 감아 보겠다는 것뿐.

현정국은 대한의 제안이 마음에 드는지 이내 웃음을 짓기 시작했다.

"그거 좋은데? 중위라 그런가 생각이 참신해. 그런 대회가 있으면 단장님이나 대대장님도 좋아하시겠다."

이제 서로 내기하는 것도 질릴 것이다.

요즘 들어 박희재만 연승을 거두고 있었으니까.

그때 이런 이벤트를 열어 주면 두 사람이 참 좋아할 터.

대한이 씨익 웃으며 말했다.

"영천에서 주최하는 축구 대회가 하나 있다고 들었던 것 같습니다. 제가 부대 복귀하면 한번 준비해 보겠습니다."

"영천시면 무조건 나가야지. 우리가 또 영천을 대표하는 군인 아니겠냐."

"영천에는 삼사도 있지 않습니까?"

그 말에 현정국이 미간을 찌푸렸다.

"야, 교육기관이 무슨 지역을 대표하는 군인이야. 걔네 아직 후보생들이잖아. 현역이 후보생들한테 지면 되냐?"

"그렇습니까?"

"무튼 대회 모집 요강 같은 거 찾으면 바로 나한테 말해 줘. 바로 단장님 결심 받아다 줄 테니까."

의욕을 불태우는 현정국.

그래.

그렇게라도 힘내면 좋지.

대한도 웃으며 대답했다.

"예, 바로 찾아보겠습니다."

"그나저나 넌 축구 실력 좀 늘었냐?"

"소위 때의 저를 찾아보실 수 없으실 겁니다."

"큭큭, 이 자식이 날 자극하네. 오냐, 어디 한번 보자. 그나저나 축구 대회 있는 건 어떻게 알았냐? 내가 매일 축구 보는 데도 영천에서 그런 거 한다는 소린 못 들어 봤는데?"

당연하지.

대한도 못 들어 봤으니까.

'없으면 어때. 다른 곳도 아니고 영천에서 축구 대회 하나 못 열까.'

대한에겐 영천시장과의 인맥도 있고 직접 대회를 후원할 자금도 충분했다.

그러니 정 안되면 대한이 직접 축구 대회를 열어 볼 생각이었다.

'이왕 하는 거 부대 일정 고려해서 짜 봐야지.'

단순히 현정국 때문에 여는 게 아니다.

이렇게 열린 대회에 우승이라도 하게 되면 여러모로 도움이 될 테니 겸사로 열려는 것.

그러나 그리 말할 순 없었기에 현정국에겐 대충 둘러댔다.

"저도 지나가다가 현수막 걸려 있는 거 보고 알았습니다. 시에 문의해서 확실한 대회 모집 요강 받아서 보고드리겠습니다."

"오케이. 대회 나가는 건 고등학교 때 이후로 처음인 것 같은데 벌써부터 설렌다야."

대회 이야기 덕분일까?

조금 우울했던 현정국의 기분이 바로 풀렸다.

그런데 그 텐션이 너무 과한 나머지, 부대까지 가는 내내 현정국의 축구 이야기를 들어야 했다.

'하, 그냥 가만히 있을 걸. 왜 괜히 동정해가지고.'

스스로 불러 온 재앙이었다.

하지만 어쩔 수 있을까.

이미 엎질러진 물인 걸.

그래도 좋게 생각하기로 했다.

차라리 축구 자랑이 낫지 자신을 향한 잔소리나 비아냥거림 보단 나았으니까.

이윽고 부대에 도착한 대한은 박희재에게 인사하기 위해 대대장실부터 찾았다.

그러자 박희재가 기다렸다는 듯이 대한을 반겼다.

"이야, 우리 최정예 전투원 왔어?"

"충성! 보고 싶었습니다. 대대장님."

"하하! 그래, 온 김에 조금 쉬었다 가라."

금방 가려고 했지만 그건 있을 수 없는 일이었나 보다.

대한은 대대장실에 앉아 박희재가 건네는 음료수를 받으며 그와 대화를 시작했다.

박희재가 말했다.

"참모장님께서 내일 단장이랑 나랑 작전사로·너희 보러 오라고 하시더라."

"아, 따로 말씀 하셨습니까?"

"어, 오늘 마지막 평가까지 합격한 거 들으시고는 우리도 뭐 챙겨 주신다던데?"

작전사에서 준비한 평가에 공병단 인원이 2명이나 합격했으니 주최자 입장에선 지휘관들이 무척이나 이뻐 보였던 모양.

당연했다.

대한과 정우진이 작전사의 체면을 살려 준 것이나 다름없었으니까.

'최종 생존 인원이 5명이었지 아마?'

마지막으로 본 생존 인원이 다섯이었으니 이번 시험이 얼마나 어려웠는지 제대로 위엄을 보여 주었을 터.

대한이 얼른 대답했다.

"저희가 잘할 수 있었던 건 다 대대장님 덕분이지 않겠습니까."

"야, 내가 뭘 했다고."

손을 내저으며 겸손을 취했지만 얼굴은 웃고 있었다.

그 모습을 보니 부하된 입장으로서 참 뿌듯했다.

박희재가 흐뭇한 표정을 유지하며 말했다.

"그나저나 컨디션은 좀 어떠냐, 내일 급속행군도 문제없지?"

"당직근무하고 급속행군 해도 합격할 자신 있습니다."

"크…… 역시 우리 대한이다. 그래도 컨디션 조절 잘해. 참모장님이 평가 끝나면 공병단 전부 올라오라고 하셨으니까 최대한 체력 아껴 가면서 뛰고, 알겠지?"

"예, 알겠습니다. 2중대장이랑 같이 가볍게 통과하고 뵙겠습니다."

"그래, 2중대장한테도 응원한다고 전달해 주고. 그럼 슬슬 가

보거라. 차 막히겠다."

박희재는 대한을 간부 숙소까지 배웅해 주었고 대한은 자차를 타고 빠르게 작전사로 복귀했다.

그러고는 곧장 정우진을 찾았다.

"중대장님, 내일 단장님이랑 대대장님 두 분 다 오신다고 합니다."

"아, 그래? 잘됐다. 기 좀 살려 드릴 수 있겠어."

정우진도 부담을 느끼진 않았다.

대한과 마찬가지로 합격에 대한 확신을 가지고 있었다.

대한이 물었다.

"군장은 언제까지 챙기면 됩니까?"

"평가관님이 준비되면 연락하라고 하시더라. 너도 얼른 가서 군장 준비해. 중앙 복도에 저울 있으니까 달아 보고."

"예, 알겠습니다."

"아, 그리고 총기랑 방독면, 탄띠, 방탄 전부 포함해서 30kg 맞추시라더라."

그 말에 두 사람 다 웃었다.

부대에서 연습할 때는 순수하게 군장 무게만 30kg이었으니까.

대한이 웃으며 말했다.

"다 합쳐서 30이면 연습 때보다 훨씬 가볍겠습니다."

"어, 들어 보니까 별거 아니더라."

"하하, 알겠습니다."

벌써부터 예감이 좋다.

두 사람은 신나게 군장을 챙긴 후 가볍게 통과를 받았고 일찍이 잠자리에 들었다.

그리고 다음 날 아침, 일과 시작과 동시에 급속 행군을 시작할 수 있었다.

예상대로 급속행군은 껌이었다.

가볍게 결승선을 통과한 두 사람은 군장을 내려놓기 무섭게 사격장으로 뛰기 시작했다.

탕! 탕!

만발이었다.

이로써 두 사람은 최종 합격을 받을 수 있었고 군장을 챙기러 내려오자 대기하고 있던 평가관들이 두 사람을 향해 박수를 쳐 주었다.

"고생하셨습니다!"

"행군하느라 힘드셨을 텐데 사격까지 만발이라니, 대단하십니다!"

그들의 축하에 두 사람은 연신 고개를 숙이며 감사를 표했다.

이윽고 다가온 박창근이 두 사람의 군장을 들어 주며 말했다.

"두 사람 다 전투복 깨끗한 거 있지?"

"예, 있습니다."

"오후에 시상 있으니까 그전까지 샤워하고 휴식 취하고 있어라. 축하한다."

"예, 감사합니다!"

휴식 대기를 받은 두 사람은 가벼운 마음으로 숙소로 향했다. 그리고 주차장에서 기다리고 있던 이원영과 박희재와 만날 수 있었다.

"둘 다 합격했다며?"

"예, 그렇습니다!"

"이야, 축하한다!"

박희재가 두 사람을 뜨겁게 안아 주었다.

이원영은 뒤에서 그들을 부럽다는 듯 쳐다보았다.

그도 그럴 게 대한과 정우진 둘 다 대대 소속이었으니까.

이원영이 아쉬움에 궁시렁거렸다.

"하여튼 운도 좋아…… 부하들 잘 만나서 말년에 어찌나 얼굴에 금칠을 하는지."

"그러게 애들 뽑을 때 축구 실력 보고 뽑지 말고 정당하게 뽑지 그랬냐."

그때의 편파가 아니었다면 최소 대한이 한 명만큼은 단으로 갈 수도 있었을 테니까.

킬킬 웃는 박희재를 대신해 대한이 얼른 이원영을 위로했다.

"그래도 단장님이 잘 도와주셔서 마지막 날이 제일 편했습니다."

"크흠, 그러냐?"

"예, 중대장도 연습 안 했으면 힘들었을 거라고 말했습니다. 그렇지 않습니까, 중대장님."

"예, 맞습니다. 군장도 연습할 때보다 가벼워서 훨씬 수월하게 할 수 있었습니다."

"흠흠, 이래서 군대는 상급자를 잘 만나야 한다니까…… 얼른 씻고 와라. 땀 많이 흘려서 찝찝하겠다."

"아, 예. 바로 씻고 오겠습니다."

부하들의 금칠에 민망해졌는지 얼른 두 사람을 보내는 이원영.

덕분에 두 사람은 재빠르게 샤워하고 환복까지 끝마칠 수 있었다.

그런 다음 이원영이 예약해 둔 식당에 가서 맛있게 식사를 한 뒤 시상을 위해 본관으로 이동했다.

시상식에 참석한 사람은 얼마 없었다.

합격자는 총 4명,

그리고 그 부대 지휘관 한두 명이 다였으니까.

하지만 전혀 썰렁하지 않았다.

그도 그럴 것이 시상을 해 주는 사람이 자그마치 소장이었으니까.

참모장인 최한철을 따라온 별들과 대령들을 보니 이 평가가 얼마나 중요한 것이었는지 새삼 실감이 됐다.

시상식은 빠르게 진행되었다.

최한철이 대한의 왼쪽 가슴에 최정예 전투원을 증명하는 휘장을 달아 주었고.

"중위 김대한!"

"이야, 대한이가 진짜 여기에 선발될 줄은 몰랐네."

"열심히 했습니다!"

"열심히 한다고 다 되면 전부 다 최정예 전투원이게? 고생했다. 저 뒤에 있는 참모들도 다 놀라고 있어."

뒤에 있는 참모라 함은 준장을 비롯한 대령 무리를 말할 터.

그들은 대한을 향해 열렬한 박수를 보내 주고 있었다.

최한철이 대한의 팔을 툭툭 쳐 주며 말했다.

"이 휘장은 평시에 붙이고 다녀도 되는 것이니까 최정예 전투원이라는 자부심을 가지고 군 생활 하거라."

"예, 알겠습니다!"

"그래, 좀 있다 보자."

최한철이 나머지 시상을 하기 위해 옆으로 이동했고 대한은 왼쪽 가슴에 달린 최정예 전투원 휘장을 보았다.

'내가 이런 걸 다 달아 보네.'

학군 출신이었기에 그 흔한 공수마크 한번 달아 본 적이 없었다.

그랬기에 대한에게 이번 휘장은 의미가 참 컸다.

그도 그럴 게 예전에는 대위가 될 때까지 전투복이 항상 밋밋했었으니까.

'이제 시작일 뿐이다.'

대한은 이번 생에도 같은 길을 걷기로 한 자신의 선택을 조금도 후회하지 않았다.

아니, 오히려 이젠 기대가 되었다.

최정예 전투원을 기점으로 뭐든지 해낼 수 있을 것 같다는 자신감이 들었기에.

대한의 눈에 그 어느 때보다도 맑은 이채가 반짝였다.

시상식이 끝나고 대한과 정우진은 자신들을 기다리는 두 지휘관에게 다가갔다.

두 사람은 휘장을 보며 신기하다는 듯 말했다.

"공수마크보다 훨씬 이쁘네."

"다른 부대 가면 많이 튀겠어."

"조만간 전방에서도 한다니까 다른 부대 가더라도 지휘관들이 좋아하겠지?"

"당연하지. 열심히 하는 놈들 왔다고 좋아해야지. 안 좋아하면 내가 전역하고도 찾아간다."

훈훈한 분위기.

그때, 박창근이 다가와 말했다.

"단장님, 참모장님께서 집무실로 오시라고 하십니다."

"아, 그래. 가지."

네 사람은 서둘러 최한철의 집무실로 이동했고 집무실에 들어가자마자 이원영이 가장 먼저 큰 목소리로 경례했다.

"충! 성!"

"아유, 앉아 얼른."

"예! 알겠습니다!"

최한철은 미리 준비해 두었던 차를 마시라며 손짓하고는 말을 꺼냈다.

"내가 너희들을 왜 불렀을 것 같아?"

칭찬하려고 부른 거 아닌가?

네 사람 다 다른 이유가 있나 싶어 눈치를 보자 최한철이 피식 웃으며 말했다.

"기특해서 불렀다, 이놈들아. 너희는 짬 좀 먹었다는 놈들이 상급자 마음을 이렇게 몰라서야 되겠냐?"

"하하, 죄송합니다."

이원영이 어색하게 웃으며 답했고 최한철이 말을 이었다.

"죄송할 건 없고 아무튼 아주 잘했어. 사실 이 평가에서 장교가 붙을 거라곤 전혀 생각도 못 했거든. 특히 중위는 더더욱이 생각 못했고."

"하하, 저도 예상 못 했습니다."

"그래, 특공 애들이나 붙을 줄 알았지 공병단이 휩쓸 줄 누가 알았겠냐."

"특공에도 합격자가 있습니까?"

"그래도 특공인데 당연히 있지. 딱 한 명."

이원영은 터지려는 웃음을 참기 위해 입술을 꽉 물었다.

그 모습을 본 최한철이 고개를 저었다.

"단장아, 아무리 동기라지만 특공은 좀 가만히 놔둬라. 불쌍
하지도 않냐?"

"아, 예. 참모장님."

"오죽했으면 내가 특공애들 이야기 나오는 거 듣기 싫어서
부대 옮기고 싶어 하겠냐. 뭐, 올해 말이면 다시 전방에 가긴 할
테지만."

그 말에 네 사람 다 깜짝 놀랐다.

최한철 쯤에 전방에 간다는 건 진급을 의미하는 것이었으니
까.

이원영이 조심스럽게 최한철에게 물었다.

"저, 참모장님. 전방에 가시는 거면 혹시……."

그 물음에 최한철이 씨익 웃으며 고개를 끄덕였다.

아직 발표가 나지 않아 아무도 모를 일이긴 했지만 본인 입
으로 저렇게 이야기 할 정도면 어느 정도 이야기는 나온 모양.

'사령관이 알려 준 건가?'

최한철이 모시고 있는 사람은 육군에 딱 4명뿐인 대장들 중
한 사람이었다.

그러니 사령관이라면 충분히 최한철의 진급에 입김을 불어
넣을 수 있을 터.

그때, 조용히 눈치 보던 대한이 궁금함을 참지 못하고 조심스럽게 물었다.

"멀리 가십니까?"

"제일 위로 가지."

"와……."

대한의 물음에 최한철이 웃으며 답했고 대한은 최한철이 어디로 갈지 바로 알 수 있었다.

'3군단이라니.'

3군단이라 함은 대장까지 진급 길이 제대로 열려 있는 곳이었다.

물론 별들의 무덤이라 불리는 22사단을 가지고 있는 곳이긴 했지만 그래도 최한철이 갈 시기에는 제법 괜찮았던 때라는 기억이 떠올랐다.

'그럼 이 양반도 대장까지 가겠네……?'

미친.

대한은 갑자기 최한철이 달라 보이기 시작했다.

이는 다른 사람들도 모두 마찬가지였다.

다들 최한철의 미래에 소리 없이 감탄하고 있자 최한철이 모두를 둘러보며 웃었다.

"다들 눈빛이 아주 반짝이는구만, 그래?"

"하하, 아닙니다. 원래 이런 눈이었습니다."

"하여튼 재밌는 녀석들이야. 무튼 오늘 내가 너흴 부른 건 축하도 축하지만 내가 의견을 좀 물어볼 것들이 있어서 말이야."

"저희가 도움이 되는 것이라면 뭐든지 돕겠습니다."

이원영의 대답에 최한철이 흡족해하며 말했다.

"이번에 최정예 전투원 선발을 하면서 든 생각인데 우리가 아무리 후방에 있는 부대라지만 전방 부대에 비해 전투력이 크게 밀리는 것 같진 않단 말이지?"

"예, 그렇습니다."

"그래, 그래서 말인데 내가 다른 부대로 가기 전에 전방이랑 미리 교류를 좀 하면 어떨까 싶어서 말이야."

"교류라면 어떤……?"

"뭐, 많잖아? 훈련을 같이 한다던가, 평가를 같이 본다든가."

아.

보통 저렇게 말하는 거면 둘 다 하고 싶단 말인데…….

근데 그걸 왜 공병단에 말하는 거지?

'설마 우리 공병단은 전방에 있는 부대에 밀리지 않을 거라고 생각하는 건가.'

대한의 생각이 정확했다.

최한철은 다른 부대에 대한 믿음은 약해도 공병단에 대한 믿음은 강했으니까.

그도 그럴 게 특공여단을 이기기도 했고 이번에 치른 최정예 전투원 선발에도 두 명이나 뽑혔으니.

그러니 예상컨대 최한철이 갈 3군단과의 교류가 앞으로 잦아

질 것 같았다.

'야망이 있는 양반이구만.'

평소엔 잘 몰랐는데 지금 말하는 걸 보니 그의 야망이 물씬 느껴졌다.

'하긴 거긴 별들의 무덤이 있으니 이런 식으로 미리미리 준비해 두는 것도 좋은 방법이긴 하지.'

그래서일까?

그 말에 이원영도 눈을 반짝이기 시작했다.

그도 그럴 것이 올해 장군 인사가 나기까지는 약 반 년 정도가 남은 상황이니 이원영의 입장에서 이것은 기회나 마찬가지였다.

'잘나가는 장군만 따라다녀도 떡고물이 우수수 떨어질 테니까.'

이원영이 고개를 끄덕이며 대답했다.

"두 개 다 좋은 생각인 것 같습니다. 교류를 통해 저희 병력들도 발전할 기회를 얻을 수 있을 것 같다는 생각도 들고 말입니다."

"그렇지? 후방 지원의 임무를 맡고 있다지만 전방과 전력 차가 크면 안 되잖아?"

"예, 맞습니다. 후방에 있으면서 약간 아쉬운 것이었는데 참모장님이 그렇게 해 주신다면 저는 그저 감사할 따름입니다."

이원영의 대답이 마음에 드는지 최한철이 호방하게 웃으며 답했다.

"하하, 이 대령이 이렇게 시원시원한 사람인 줄은 몰랐군. 그 래, 사령관님께는 이미 허락을 받아 놓은 상태니까 내가 준비되 는 대로 먼저 알려 주마."

"예, 말씀주실 때까지 잘 준비하고 있겠습니다."

"잘 준비해 봐. 내가 확실히 챙겨 줄 테니까."

그렇군.

이미 허락도 받아 놓은 상태였어.

그래서일까?

대한은 현재 자신의 계급이 낮은 게 몹시 아쉽게 느껴졌다.

'지금 내가 대위나 소령이었으면 딱 좋았겠는데.'

그랬으면 이원영처럼 최한철을 따라 떡고물을 받아먹을 수 있었을 테니까.

허나 어쩌랴?

꼬우면 군대 일찍 왔었어야지.

그래도 최한철을 통해 희망이라도 품을 수 있으니 참 다행 이라는 생각이 들었다.

이렇게 인연을 이어 나가다 보면 언젠가 또 다른 기회가 올 테니.

게다가 무엇보다도 지금 최한철이 챙겨 준다는 대상에는 대 한과 정우진도 포함일 터.

최한철의 성격상 두 지휘관들보다 더 챙겨 줄 게 뻔했다.

'전투복에 휘장 몇 개 더 달리겠구만.'

상상만으로도 급속행군의 피곤함이 싹 다 날아가는 것만 같다.

중요 안건이 끝나자 이내 시답지 않은 이야기로 돌아갔고 그렇게 30분을 더 이야기한 뒤 네 사람은 최한철의 집무실에서 나올 수 있었다.

주차장으로 이동하던 중 이원영이 박희재에게 말했다.

"3군단장으로 가시다니 엄청 부럽구만."

"뭐가 부러워? 그럼 너도 산악공병 가면 되잖아."

산악공병은 3군단 예하 제3공병여단을 뜻했다.

그 말에 이원영이 눈을 좁혔다.

"에이, 거긴 준장 자리잖아."

"어차피 반 이상 대령으로 앉아 있는데 뭐. 그거 하고 공병학교장 가면 딱 되겠네."

장난처럼 한 말이지만 박희재니까 저리 이야기할 수 있는 것이었다.

그도 그럴 게 공병 여단장 자리는 몇 개 없을뿐더러 아무나 가는 자리는 더더욱 아니었으니까.

'준장이 아니라 준장 진급 예정자로 가는 경우도 많으니까.'

그래서 사실상 준장과 같은 대우를 받는 자리기도 했다.

'부여단장이랑 참모장이 대령이니 충분히 그럴 만도 하지.'

대령 위에 있는 대령이라.

말이 좀 우습긴 했다.

박희재의 말에 이원영이 아닌 척 겸손을 취했다.

"불러 주셔야 갈 수 있는 거지 어디 내가 가고 싶다고 가지나."

말은 이렇게 했지만 이원영은 이미 여러 곳에서 러브콜을 받고 있는 상황이었다.

그러니 이제 올해 말 임기가 끝날 때쯤이면 러브콜 받은 곳들 중 편하게 골라 가면 될 터.

이원영의 겸손 아닌 겸손에 박희재가 피식 웃었다.

"이래 놓고 장군 못 가면 쪽팔린 거 알지?"

"부정 타는 소리 좀 그만해라."

"큭큭, 그나저나 우린 뭘 준비해야 하나? 전방이랑 뭘 교류하는지도 모르는데."

최한철이 운을 띄웠으니 뭐라도 하고 있긴 해야 했다.

두 지휘관이 고민하고 있자 대한이 말했다.

"체력만 잘 준비해 놓으면 되지 않겠습니까?"

"체력?"

"예, 어차피 하루 만에 끝나는 훈련들은 없을 것이고 장간을 하든 뭘 하든 간에 체력이 가장 중요할 것 같습니다. 나머지 병기본은 소대장들이 틈틈이 교육시키겠습니다."

틀린 말은 아니었다.

무슨 훈련을 하던지 체력만 된다면 크게 걱정할 게 없긴 했다.

그리고 가장 많은 시간이 걸리는 것 또한 체력 증강이었기에 두 지휘관은 대한의 말에 고개를 끄덕일 수밖에 없었다.

"체력 단련 시간을 좀 늘려야겠네."

"꼭 필요한 일과를 제외하고는 체력 단련에 몰입하는 게 좋을 것 같습니다."

그 말에 두 사람은 대한을 빤히 쳐다보기 시작했다.

뭐야, 왜 쳐다봐?

그러나 대한은 이내 두 사람이 자길 쳐다보는 이유를 알 수 있었다.

"……계획 작성해서 보고드리겠습니다."

"하하, 대한이가 하는 거면 믿고 맡기지."

어휴, 너구리 같은 영감들 같으니라고.

두 사람은 기다렸다는 듯 입을 열었고 대충 안건을 해결한 두 사람이 시원하게 차에 몸을 실었다.

"조심히 복귀해라!"

"예, 알겠습니다!"

두 사람이 탄 차가 떠나자 그제서야 정우진이 웃으며 대한에게 말했다.

"넌 무슨 말만 하면 일이 생기냐?"

"저도 말하면서 아차 싶었습니다."

"그래서 어떻게 하려고, 좀 도와줄까?"

"아닙니다. 괜찮습니다. 이왕 하는 거 최대한 재미있게 해 볼 생각입니다."

"재미있게?"

"예, 그렇습니다."

나한테 맡긴 이상 어떤 기획을 가져가도 이해해 주겠지.

아니, 해 줘야지.

그게 싫으면 일을 맡기지 말았어야지.

대한은 음흉한 미소를 짓고는 정우진과 함께 부대로 복귀했다.

＊

부대로 복귀하자마자 대한은 간부 연구실에서 보고서 작성을 시작했다.

그때, 이영훈이 일과를 하다 말고 대한을 보기 위해 내려왔다.

"야! 선발됐다며?"

"충성! 하하, 이거 보이십니까?"

대한은 왼쪽 가슴에 붙어 있는 휘장을 가리켰고 이영훈은 부럽다는 듯 대한의 휘장을 만지며 말했다.

"이야…… 이건 좀 멋있는데?"

"다음에 도전하실 때 많이 도와드리겠습니다. 중대장님도 꼭 도전하십쇼."

"당연하지, 그땐 네가 내 매니저 해라."

"예, 알겠습니다."

"그나저나 복귀하자마자 뭐 하고 있냐? 퇴근 안 해?"

"중대장님도 못 뵙고 퇴근하면 안 되지 않습니까."

"야야, 그러지 마라. 그러다 나 대대장님한테 혼나. 얼른 퇴근해."

그러나 대한은 보고서를 가리키며 말했다.

"대대장님이 지시하신 건데 금방 작성해서 보고 드리고 퇴근하겠습니다."

"대대장님 지시라고? 뭔데?"

이영훈은 박희재가 지시한 것이라는 말에 대한의 보고서를 확인했다.

그런데 보고서 내용이 좀 이상했다.

"각종 스포츠…… 그러니까 축구, 씨름, 크로스핏 등을 통해 체력 단련을 한다고? 심지어 일과 중에?"

"예, 그렇습니다."

황당한 표정의 이영훈과는 달리 대한은 진심이었다.

다음 권으로 이어집니다

창귀무쌍

송장벌레 신무협 장편소설

귀신같은 창귀槍鬼가 돌아왔다,
때 묻지 않은 어린 시절의 몸으로!

피로 몸을 씻던 전장의 말단 독종
구르고 굴러 지고의 경지까지 올랐으나……

혈교의 혈겁을 막기 위한 회귀인가
의형제의 복수를 위한 회귀인가
알 수 없다
전생에서 그를 막던 모든 것을 치울 뿐

"내 의형의 가슴팍을 칼로 도려내기도 했고?"
"무, 무슨 소리야…… 그런 적 없어!"
"그런 적 있어. 기억은 안 나겠지만."

매 걸음마다 피도 눈물도 없는 전투
세상 모든 것이 그를 꺾으려 든다!

꿈의 도약, 로크에서 하십시오
(주)로크미디어에서 신인 작가를 모십니다

즐거운 세상, 로크미디어는 꿈을 사랑하고 도전을 두려워하지 않는 작가 분들의 참신한 작품을 기다리고 있습니다. 21세기 장르 문학계를 이끌어 갈 차세대 선두 주자 (주)로크미디어에서 여러분의 나래를 활짝 펴 보시길 바랍니다.

모집 분야 판타지와 무협을 포함한 장르 문학
모집 대상 아마추어 작가, 인터넷 작가
모집 기한 수시 모집
작품 접수 시 유의 사항

1. 파일명은 작가명_작품명.hwp형식을 갖춰 주십시오.
1. 파일에 들어갈 내용은 다음과 같습니다.
   - 성명(필명인 경우 실명을 밝혀 주세요), 연락처, 이메일 주소
   - 제목, 기획 의도
   - A4용지 1장 분량의 등장인물 소개
   - A4용지 2장 분량의 전체 줄거리
   - 본문
1. 작품이 인터넷에 연재되고 있다면, 게시판명과 사이트의 구체적이고 정확한 주소를 기재해 주십시오.

선택된 작품은 정식 계약 후 출판물로 간행되어 전국 서점에 유통됩니다.
작가 분은 (주)로크미디어의 전폭적인 지원하에 전속 작가로 활동하시게 됩니다.
※ 자세한 내용은 로크미디어 홈페이지(rokmedia.com)를 참조하세요.

(04167)서울시 마포구 마포대로 45 일진빌딩 6층
(주)로크미디어 편집부 신간 기획 담당자 앞
전화 : 02) 3273 - 5135
www.rokmedia.com   이메일 : rokmedia@empas.com